O Homem do
Princípio ao Fim

Livros do autor na Coleção L&PM POCKET

Hai-Kais
O livro vermelho dos pensamentos de Millôr
Poemas

Teatro
Um elefante no caos
Flávia, cabeça, tronco e membros
O homem do princípio ao fim
Kaos
Liberdade, liberdade (com Flávio Rangel)
A viúva imortal

Traduções e adaptações teatrais
As alegres matronas de Windsor (Shakespeare)
A Celestina (Fernando de Rojas)
Don Juan, o convidado de pedra (Molière)
As eruditas (Molière)
Fedra (Racine)
Hamlet (Shakespeare)
O jardim das cerejeiras seguido de *Tio Vânia* (Tchékhov)
Lisístrata (Aristófanes)
A megera domada (Shakespeare)
Pigmaleão (George Bernard Shaw)
O rei Lear (Shakespeare)

Outros formatos:

A entrevista
Millôr definitivo – a bíblia do caos (também na Coleção
    L&PM POCKET)
Millôr traduz Shakespeare

Millôr Fernandes

O Homem do Princípio ao Fim

www.lpm.com.br
L&PM POCKET

Coleção **L&PM** POCKET, vol. 212

Texto de acordo com a nova ortografia.

Este livro foi publicado em formato 14x21cm, em 1978, pela L&PM Editores.
Primeira edição na Coleção **L&PM** POCKET: março de 2001
Esta reimpressão: junho de 2023

Capa: Ivan Pinheiro Machado sobre ilustração do livro de Caulos *Só dói quando respiro*.
Revisão: Renato Deitos

CIP-Brasil. Catalogação na fonte
Sindicato Nacional dos Editores de Livros, RJ.

F41h

Fernandes, Millôr, 1923-2012
   O homem do princípio ao fim / Millôr Fernandes. – Porto Alegre, RS: L&PM, 2023.
   144 p. ; 18 cm.   (Coleção L&PM POCKET)

   ISBN 978-85-254-0583-8

   1. Teatro (Literatura). I. Título. II. Série.

14-12267   CDD: 792.02
                                 CDU: 792.02

© Millôr Fernandes, 1978

Todos os direitos desta edição reservados a L&PM Editores
Rua Comendador Coruja 314, loja 9 – Floresta – 90.220-180
Porto Alegre – RS – Brasil / Fone: 51.3225.5777

PEDIDOS & DEPTO. COMERCIAL: vendas@lpm.com.br
FALE CONOSCO: info@lpm.com.br
www.lpm.com.br

Impresso no Brasil
Inverno de 2023

O HOMEM
(E PRINCIPALMENTE UMA MULHER)
DO PRINCÍPIO AO FIM

*Yan Michalski**

Inteligente, belo, forte, divertido, interessante e instrutivo – eis alguns dos adjetivos que podem definir este legítimo herdeiro de *Liberdade, liberdade* que a Companhia de Fernanda Montenegro, Fernando Torres e Sérgio Brito está apresentando, em curta temporada de despedida, no teatro Santa Rosa.

Legítimo herdeiro de *Liberdade, liberdade,* bem entendido, no que diz respeito à concepção formal, e não ao contexto político-social do espetáculo. Assim como em *Liberdade, liberdade*, trata-se de uma coletânea de textos escolhidos em função de uma constante de conteúdo, constante esta que era eminentemente política na realização do Grupo Opinião, e que é essencialmente humanística no caso atual.

Sobram méritos à seleção de textos feita por Millôr Fernandes. O primeiro de todos, evidentemente, é a qualidade literária e a densidade humana nos trechos escolhidos. Ao lado dos grandes nomes da literatura universal – Shakespeare, Molière, Brecht,

---

* Jan Majzner Michalski (Czestochowa, Polônia, 1932-Rio de Janeiro, RJ, 1990), destacado crítico teatral e ensaísta.

Shaw, Joyce – encontramos textos de comovente beleza, de autoria de escritores menos conhecidos entre nós – como, por exemplo, James Thurber – e textos de inspiração sacra não menos comoventes e poéticos, tais como a oração de Santa Teresa ou o trecho do Cântico dos Cânticos de Salomão. Também a literatura nacional está esplendidamente representada, através, por exemplo, de trechos de Rubem Braga, Guimarães Rosa, Reinaldo Jardim e Cornélio Pena. E o acerto da escolha e da montagem (no sentido cinematográfico) dos trechos é tão completo que até textos tão inesperados como a carta-testamento de Getúlio Vargas e o incrível Decálogo do Senador Goldwater funcionam – graças ao seu hábil enquadramento no conjunto do espetáculo – como patéticos documentos humanos, sem a menor ressonância de demagogia que poderia acompanhá-los em outras circunstâncias.

Além da seleção dos textos, também a sua inteligente arrumação contribui muito, com efeito, para o impacto produzido pela realização. Millôr Fernandes examinou a existência do homem sob dez aspectos: o início do homem, o homem e seu amor, seu ódio, sua saudade, seu medo, seu ciúme, sua solidão, seu deus, seu riso e o fim do homem, além de uma introdução e de um epílogo. Dentro de cada uma dessas partes, há uma hábil construção baseada, geralmente, no contraponto emoção/riso; e o encaminhamento das partes, dentro do conjunto, é extremamente bem elaborado, já que o interesse do espectador nunca chega a ficar saturado mas, muito pelo contrário, é solicitado e estimulado a cada instante, e com um constante crescendo de intensidade.

Finalmente, não seria justo deixar de frisar o alto nível das traduções, todas elas feitas por Millôr Fernandes, que demonstra mais uma vez a sua rara e já comprovada qualidade de tradutor criativo.

Por mais fascinantes que sejam os textos selecionados, a sua valorização e sua projeção cênica só seriam possíveis através de um espetáculo cem por cento profissional e competente. Felizmente, o espetáculo é excelente em todos os seus detalhes, desde o neutro mas expressivo e inteligente arranjo cênico de Cláudio Corrêa e Castro até os slides que contribuem fortemente para o impacto de determinadas cenas (apesar do deficiente funcionamento mecânico da sua projeção), e até a direção de Fernando Torres, sóbria, tranquila, e extremamente sensível às variações de tom e de ritmo sugeridas pelo texto. Mui bom, também, o modelo criado para Fernanda Montenegro por José Ronaldo, e que se presta, com algumas adaptações, a usos dos mais variados e inesperados.

Mas a grande, a espantosa atração de *O homem do princípio ao fim* é a deslumbrante atuação de Fernanda Montenegro, desta vez, decididamente, em estado de graça. Cada uma das intervenções de Fernanda constitui, em separado, uma autêntica criação, uma autêntica composição, concebida e realizada com uma impressionante gama de recursos e nuances, com uma profunda inteligência interpretativa, com um temperamento histriônico dos mais generosos que já tenhamos visto, e com uma alegria de representar que não pode deixar de encher de entusiasmo o mais insensível dos espectadores. Tanto na amarga revolta de Maria Farrar, de Brecht, como na explosão lúdica do iê-iê-iê que ela canta e dança no final, tanto na intelectualizada paixão de James Joyce como na irônica criação da ingênua bobinha de *Escola de mulheres*, tanto na ternura do epílogo de *A alma boa de Setsuan* como na estática oração de Santa Teresa, Fernanda Montenegro está perfeitamente à vontade, perfeitamente dentro do tom, e atinge um rendimento admirável. É de tal qualidade o bom acabamento de seu trabalho que ele provoca, por si só, uma intensa emoção no espectador, independentemente da emoção provocada por aquilo que a atriz diz e interpreta: o mesmo tipo de emoção que a gente sente diante de qualquer manifestação excepcionalmente virtuosística e bem realizada da atividade humana, quer se trate da execução de um trecho musical por um grande concertista, quer se trate de uma notável façanha de um atleta, quer se trate de um majestoso e gigantesco avião levantando voo com leveza e elegância.

Jornal do Brasil
1966

O Homem do
Princípio ao Fim

NOTA,
APENAS PARA QUE O GÊNERO CONTINUE

Este gênero de espetáculo teatral – que os divulgadores chamam geralmente de *Colagem* – tem um apelo duradouro para o público de todas as escalas econômico-culturais e serve eficazmente para transmissão didática de ideias políticas, sociais, literárias e poéticas, sem falar nas humanísticas, que englobam todas. Todavia a superficialidade que se quis atribuir ao gênero durante um certo tempo fez com que sua extraordinária dificuldade de execução não fosse percebida, e todo amador, incapaz de construir uma só cena teatral, sem nenhuma experiência jornalística, literária, sem sequer mesmo nenhuma vivência cultural, se sentisse capacitado a realizar espetáculos deste tipo. O resultado, com raríssimas exceções (*lembro, no momento,* Oh, Minas Gerais, *de Jota Dângelo e Jonas Bloch, coincidentemente feito por autores que tinham estudado e vivenciado o assunto que apresentavam*), foi lamentável.

Um espetáculo como *O homem do princípio ao fim* exige, como já deixei implícito, que o autor seja um escritor. É fundamental que, ao recolher os textos, ele os conheça bem, tenha o exato peso do que eles significam e do que significaram para si próprio quando tomou conhecimento deles pela primeira vez. Não basta recolher textos ao acaso. Na hora de escrever as ligações entre os textos, é claro que o autor deve saber fazê-lo com as palavras exatas e esse extraordinário senso de economia que o teatro impõe: jamais usando dez palavras onde se pode usar nove, jamais dizendo uma coisa "mais ou menos" como se quer. A coisa tem que ser dita com absoluta precisão, engraçada quando se a quer engraçada, dramática, poética, política, social na justa medida do que se pretende. E, importantíssimo em arte dramática – absolutamente imprecisa, vaga e fluída quando essa for a intenção.

É fundamental também ter em mente uma ideia geral exata para encaminhar o espetáculo. A escolha e sequência dos textos são uma história que se conta, o público não pode se perder. Ele deve saber para onde está sendo conduzido.

Assim, em *Liberdade, liberdade*, eu e Flávio Rangel optamos pelo óbvio: a progressão cronológica. Partindo dos primeiros tempos históricos, a liberdade vai caminhando para os nossos dias e o público sabe (sente) quando está se aproximando do fim da história. Isso evita, entre outros males, aquele, não pequeno, de certos espetáculos chatos que nos torturam a toda hora prometendo acabar e não acabando nunca. Não nos permitem nem sair no meio.

Quando realizamos *O homem do princípio ao fim* claro que não poderíamos repetir o esquema. Nossa ideia era a apresentação do homem do ponto de vista, justamente, humanístico. Para tal, dividimos o espetáculo em dez quadros – oito sentimentos humanos básicos – do ódio ao amor, do medo ao riso – sem falar do *princípio* e do *fim*, que não são sentimentos mas parte da metafísica que envolve o homem. Os dez quadros foram separados por *slides* (*que devem ter pelo menos três metros de altura*) projetando números romanos; I-II-III-IV etc., de modo que, por mais vaga que seja a referência ao assunto em questão, o público saiba que, enquanto não aparecer outro algarismo ainda se está falando do mesmo tema.

Essa breve explicação é dada para que, em quaisquer projetos semelhantes, os autores menos experientes considerem as dificuldades e, por exemplo, não sabendo escrever humor, se juntem a um autor que tenha senso de humor, não sabendo traduzir determinada língua, se juntem a outro autor que saiba essa língua. Pois uma das grandes dificuldades deste tipo de trabalho é também as várias facetas de capacidade que exige do autor ou autores – escrever textos de várias formas e *aproachs,* traduzir com precisão dramática, saber cortar e montar os textos sem em absoluto deturpá-los: reduzir uma cena que tenha 15 minutos para 3 ou 4 é uma senhora tarefa dramática.

Em resumo, como já disse em alguma parte para furor de alguns comentaristas indignados com a minha iconoclastia, fazer este tipo de espetáculo é mais difícil – vejam bem, não mais importante! – do que escrever um texto original.

Em tempo.

46% de *O homem do princípio ao fim* é feito com material original.

Millôr Fernandes
1978

O homem do princípio ao fim estreou em junho de 1967, no Teatro Santa Rosa, no Rio de Janeiro, com produção e direção de Fernando Torres, cenografia de Cláudio Corrêa e Castro, figurinos de José Ronaldo e música de Oscar Castro Neves.
Os textos foram representados por
Fernanda Montenegro
Cláudio Corrêa e Castro e
Sérgio Brito.
Contando ainda com a participação especial do *Quarteto 004.*

(Projeção de imagem de uma nebulosa desfocada. Faz foco sobre imagem de uma explosão atômica. Fade-out. Música. Imagens de guerreiros Watusi em danças típicas.)

CORO
Ó meu pai.
lá! lá! lá!

CORO
Quando eu for homem eu vou ser caçador.
Quando eu for homem eu vou ser baleeiro.
Quando eu for homem eu vou ser canoeiro.
Quando eu for homem eu vou ser carpinteiro.
Quando eu for homem eu vou ser... UM HOMEM.

CORO
Ó meu pai! lá! lá! lá!

(Repete.)*

(Sobre a última imagem da repetição, fade-out *e logo blecaute. Luz sobre Sérgio Brito.)*

---

* Trecho do livro feito sobre a grande exposição fotográfica internacional *The Family of Man*, N. York, 1959. Texto ligeiramente adaptado às necessidades dramáticas.

PRIMEIRA PARTE

SÉRGIO

"Da minha varanda percebo um movimento em um ponto do mar; é um homem nadando. Nada a uma certa distância da praia, em braçadas pausadas e fortes. Acompanho o seu esforço solitário, como se ele estivesse cumprindo uma bela missão. Já nadou em minha presença uns trezentos metros; antes, não sei. Duas vezes o perdi de vista, quando ele passou atrás das árvores, mas esperei com toda confiança que reaparecessem sua cabeça e o movimento alternado de seus braços. Mais uns cinquenta metros e o perderei de vista, pois um telhado o esconderá. Que ele nade bem, essa distância: é preciso que conserve bem a mesma batida de sua braçada e que eu o veja desaparecer assim como vi aparecer, no mesmo rumo, no mesmo ritmo, forte, lento, sereno. E então eu poderei sair da varanda tranquilo: 'Vi um homem sozinho, nadando no mar; quando o vi ele já estava nadando; acompanhei-o com atenção durante todo o tempo, e testemunho que ele nadou sempre com firmeza e exatidão; esperei que ele atingisse um telhado vermelho, e ele o atingiu'.

Não desço para ir esperá-lo na praia e lhe apertar a mão; mas dou meu silencioso apoio, minha atenção e minha estima a esse desconhecido, a esse nobre animal, a esse homem, a esse correto irmão."*

(*Luz geral.*)

CLÁUDIO
Autêntica, respeitável comunidade, tenho aqui a honra, sincera gratidão da acolhida propícia misericordiosa liberal vossa humana generosa benevolência, genuína e muito boa filantropia, que acolhe a este lamentável desesperado espetáculo, desesperado, derradeiro, degradado. Só a vossa decidida, compacta comparecência, clemente mercê, faz com que eu me sinta não de todo abandonado na minha pobre indigente posição indigente, considerando a presença de cada um assim como a de cada qual magnânima circunstância aliviadora das nossas confusas nada importantes preocupações vitais. Vossas propícias e participantes graciosas caridosas demonstrações (*faz gesto de dinheiro esfregando polegar no indicador e, ao mesmo tempo, uma mesura*) permitem-me contar com vosso científico filosófico ouvido para

---

* Redução – sem alteração de palavras – de uma crônica de Rubem Braga, originalmente publicada no livro *Ai de ti, Copacabana*, Ed. Autor. Posteriormente incorporada à coletânea *Duzentas crônicas escolhidas*. Ed. Nova Fronteira.

as nossas humanas universais vexações vergonhosas tribulações.*

FERNANDA
Sérgio Brito acabou de dizer um trecho do poeta Rubem Braga e Cláudio Corrêa e Castro representou o início da peça *Flávia, cabeça, tronco e membros*. Pois este espetáculo é uma escolha de textos, procurando dar uma ideia do Homem, esse ser humano. O homem e seu amor, o homem e seu riso, o homem e seu medo, a sua saudade, e seu fim. A breve canção do homem neste mundo de Deus. Isso, naturalmente, do ponto de vista brasileiro, Rio de Janeiro, Ipanema, junho de 1965.

(Fade-out, *sobe música.*)

---

* Trecho da peça do autor *Flávia, cabeça, tronco e membros*, escrita em 1963. Edição L&PM. 1977.

O homem:
O seu início

Fernanda narra. Apartes de Sérgio. (*Os slides devem ser em cor, ilustrando as falas mais importantes.*)

FERNANDA
Um dia o Todo-Poderoso levantou-se naquela imensidão desolada em que vivia, convocou os anjos, os arcanjos e os querubins e disse: "Meus amigos, vamos ter uma semana cheia. Vamos criar o Universo e, dentro dele, o Paraíso. Devemos criar a Terra, o Sol, a floresta, os animais, os minerais, a Lua, as estrelas, o Homem e a Mulher. E devemos fazer tudo isso muito depressa, pois temos que descansar no domingo. E no sábado, depois do meio-dia".

SÉRGIO
O que Deus fazia antes da criação do Mundo, ninguém sabe. Se fez tudo isso em seis dias apenas, imaginem que imensa ociosidade, a anterior!

FERNANDA
A maior dificuldade de todas, embora isso pareça incrível, foi lançar a Pedra Fundamental. Os anjinhos ficaram com aquela bola imensa na mão e perguntaram ao Mestre: "Onde?" Afinal decidiu-se jogá-la ao acaso, e ela ficou por ali, girando num lugar mais ou menos instável, por conta própria.
Trabalhar no escuro era muito difícil. Deus então murmurou "Fiat Lux". E a luz foi feita.

SÉRGIO
Até hoje há uma grande discussão para saber se Deus falava latim ou hebraico.

FERNANDA
E fez, em seguida, a Lua e as estrelas. E dividiu a noite do dia. Fez então os minerais e os vegetais. Todos os vegetais eram bons e belos e seus frutos podiam ser comidos. Ruim só havia mesmo a chamada árvore da Ciência do Bem e do Mal, bem no meio do Paraíso. Isto aqui é a Parreira, futuro guarda-roupa de Adão e Eva. E logo Deus fez os animais: o Leão, o Tigre, o Cavalo...

SÉRGIO
Vê-se perfeitamente que a Girafa foi um erro de cálculo.

FERNANDA
Como os espectadores podem reparar, fez dois exemplares de cada animal, prova de que não acreditava na cegonha.

Tendo feito a vaca, esta, subitamente, deu leite. O Mestre bebeu-o com os anjinhos, aprovou, ordenou à vaca que continuasse a produzir uma média de sete litros diários, e o resto jogou pela janela do Universo, formando assim a via Láctea.
E fez também a Cobra.
Como os animais tivessem sede, Deus teve que resolver o problema, mas não se apertou. Misturou duas partes de Hidrogênio com uma de Oxigênio, experimentou e disse: "Esta fórmula vai ser um sucesso eterno. Vou chamá-la de *água*".

SÉRGIO
Água, um produto divino.

FERNANDA
Água, um produto caído do céu! (*jingle da água*)
Assim dizem as escrituras, Deus criou todas as coisas sobre a face da Terra. Mas uma coisa eu lhes garanto que *ele* não inventou. Ele inventou o Sol. E as árvores, e os animais e os minerais. Mas, de repente, para absoluta surpresa sua, olhou e viu, maravilhado, que cada coisa tinha uma sombra! Nessa, francamente, ele não tinha pensado! Mas foi contemplando a própria sombra (*projeção da sombra de Sérgio sobre a tela*), que ele teve a ideia de fazer um ser à sua semelhança.
E Adão foi feito.
Nascendo já grande e prontinho, Adão teve várias vantagens; não precisou fazer o serviço militar, não passou por aquela transição terrível entre a primeira

e a segunda dentição: e nunca teve 17 anos. Além do que, não precisava comprar presente no Dia das Mães. (*Slide de Adão.*)

SÉRGIO
A esta altura Adão ainda não usava folha de parreira, mas nós colocamos uma no desenho, para agradar a censura.
O espectador poderá também objetar que aqui a figura do proto-homem não está muito máscula. Lembramos porém que Eva ainda não existia e que, portanto, a masculinidade ainda não aparecera sobre a face da Terra.

FERNANDA
Outro problema sério, quando se pinta Adão, é saber se ele tinha ou não tinha barba. Nas pinturas clássicas, ele, em geral, não tem barba quando está no Paraíso e tem barba quando já saiu do Paraíso. A conclusão: O castigo por ter comido a maçã foi fazer a barba toda manhã.
Mas há outros problemas metafísicos criados pelo Todo-Poderoso. Aqui mesmo, neste quadro, devidamente numerado, temos quatro desses problemas para o leitor meditar:
1) Responda, amigo.
   Adão tinha umbigo?
2) Responda, irmão,
   O pássaro,
   Já nasce com a canção?

3) O mistério não acaba:
onde anda o bicho da goiaba
quando não é tempo de goiaba?
4) Mestre, respeito o Senhor,
mas não à sua Obra:
que paraíso é esse
que tem cobra?

Mas ali estava Adão, prontinho, feito de barro. Durante muito tempo, aliás, se discutiu se a mulher não teria sido feita antes. Mas está claro que a mulher foi feita depois. Primeiro, porque é mais caprichada. Mais bem acabada.

Deus, nela, desistiu do barro e usou cartilagem. E colocou nela alguns detalhes que têm feito um imenso sucesso pelos tempos afora. Segundo, vocês já imaginaram se a mulher tivesse sido feita antes, os palpites que ela ia dar na confecção do Homem?

– Ah, não põe isso não, põe aquilo! Ih, que bobagem, que nariz feio! Deixa ele careca, deixa! Põe mais um olho, põe! Ah, pelo menos põe um vermelho e outro amarelo, põe! Puxa, você não faz nada do que eu quero, hein? É de barro também, é? Parece um macaco, seu! Você é errado, Todo-Poderoso! Ah, não põe boca não, põe uma tromba! Ficou pronto depressa, hein? Você deixa eu soprar ele, deixa? Deixa que eu sopro, deixa!

Depois de devidamente soprado com o Fogo Eterno, Adão saiu pelo Paraíso experimentando as coisas. Tudo que ele fazia, ou dizia, era completamente original. Nunca perdeu tempo se torturando: "Onde é que eu ouvi essa?" "De onde é que eu conheço esse cara?" Deus, entre outros privilégios, deu a Adão o de denominar tudo. Foi ele quem chamou árvore de árvore, folha de folha e vaca de vaca. E tinha tanto talento para isso que todos os nomes que botou, pegaram.

SÉRGIO
Deus só pediu explicação a Adão no dia em que este batizou o hipopótamo. "Por que hi-po-pó-ta-mo?", perguntou o Todo-Poderoso. E então Adão deu uma resposta tão certa, tão clara, tão definitiva, que Deus nunca mais lhe perguntou nada: "Olha, Mestre – disse ele –, eu lhe garanto que nunca vi um animal com tanta cara de hipopótamo."

FERNANDA
E assim foi Adão dando nome a todas as coisas. Só errou no dia em que estava batizando os minerais e deu uma topada numa pedra. Foi a primeira vez que uma coisa foi chamada com outro nome. Adão tinha criado o eufemismo. Adão saiu por ali, nadando no rio, comendo dos frutos, brincando com os animais. Mas não parecia satisfeito. O Senhor, percebendo que faltava alguma coisa a Adão, resolveu lhe dar uma companheira. Ordenou que ele fosse dormir e, como lá reza a História, foi o primeiro sono de Adão e seu último repouso.
Conforme prevíamos, assim que Eva foi criada olhou em volta e começou a dar palpites sobre a criação:
– Hi, Todo-Poderoso, quanto animal sem coloração! Muda isso; pra floresta o que vai pegar mesmo é o

estampado! Deus acedeu. E enquanto ele mudava a pele dos bichos, Eva saiu passeando e resolveu tomar um banho no rio. A criação inteira veio então espiar aquela coisa linda que ninguém conhecia. E quando Eva saiu do banho, toda molhada, naquele mundo inaugural, naquela manhã primeva, estava realmente tão maravilhosa, que os anjos, os arcanjos e os querubins não se contiveram e começaram a bater palmas, entusiasmados: "O autor! O autor! O autor!"
O resto da história os senhores conhecem melhor do que nós. Arrastado por Eva e pela serpente, Adão não resistiu e comeu a maçã. Logo que comeram a maçã, por um fenômeno facilmente explicável, Adão e Eva perceberam que estavam nus. Foram até o seu armário desembutido, pegaram quatro folhas de parreira e se vestiram rapidamente. Furioso com o desrespeito de suas criaturas...

SÉRGIO
Furioso pra show, furioso pras arquibancadas, pois sendo Onisciente, Previdente e Onipresente, Deus sabia muito bem o que Adão e Eva iam fazer.

FERNANDA
O Todo-Poderoso apontou-lhes imediatamente o olho da rua, depois de desejar aos dois coisas que não se desejam nem ao pior inimigo; como ter filhos sem os processos da técnica moderna e ganhar o pão com o suor do próprio rosto. Todos os outros animais pensaram que aquilo se tratasse apenas de uma brincadeira

do Todo-Poderoso. Mas não. Botou mesmo o casal pra fora, tendo até, como lá conta a Bíblia, colocado, na entrada do Paraíso, um anjo com uma bruta espada de fogo na mão, com ordem de não deixar os dois entrar. Esse anjo foi o primeiro Leão de chácara da história universal.*

---

* "A Verdadeira História do Paraíso". Mostrada pela primeira vez, pelo próprio autor, na Tevê Itacolomi, B. Horizonte, no fim da década de 50, e na Tevê Tupi do Rio, em 1959. Foi ainda apresentada num espetáculo teatral "Pif-Tac-Zig-Pong", em 1962. Só foi publicada na imprensa – na revista *O Cruzeiro* – em 1963, causando o que, à distância de hoje, bem pode se caracterizar como uma questão religiosa – por essa publicação o autor teve que sair da empresa que ajudara a construir em 25 anos de trabalho. Vale dizer que a Igreja, naqueles tempos, tão próximos!, ainda estava bem distante do comportamento social e político que viria a assumir.

O homem:
O seu amor

CLÁUDIO
Amor é fogo que arde sem se ver;
é ferida que dói e não se sente;
é um contentamento descontente;
é dor que desatina sem doer;
é um não querer mais que o bem querer;
é solitário andar por entre as gentes;
é nunca contentar-se de contente;
é cuidar que se ganha em se perder;

SÉRGIO
E assim, quando mais tarde me procure
quem sabe a morte, angústia de quem vive,
quem sabe a solidão, fim de quem ama,
eu possa me dizer do amor (*que tive*):
que não seja imortal, posto que é chama,
mas que seja infinito enquanto dure.

(*Luz geral.*)

CLÁUDIO
Como alguns perceberam, acabamos de misturar Luiz de Camões e Vinícius de Morais num coquetel de alto poder poético. Salomão fazia o mesmo misturando líricos místicos e pedaços de folclore na composição do mais fervente poema erótico da Bíblia, Sir Hasirim – O Cântico dos Cânticos.

SÉRGIO
Quem é esta que vem caminhando como a aurora quando se levanta, formosa como a luz, escolhida como o Sol, terrível como um exército?

FERNANDA
Põe-me a mim como um escudo sobre o teu coração, porque o amor é valente como a morte, as suas alâmpadas são umas alâmpadas de fogo e de chamas. Amado da minha alma, aponta-me onde é que tu te encostas pelo meio-dia, para que não entre eu a andar feito uma vagabunda atrás dos rebanhos dos teus companheiros.

SÉRGIO
Vem do Líbano, amada minha, vem do Líbano, vem: serás coroada no alto do Amaná, no cume do Sanir, nas cavernas dos leões, no Monte dos Leopardos.

FERNANDA
Eu abri a minha porta a meu amado, o meu amado meteu a mão pela fresta e as minhas entranhas estremeceram. Levantemo-nos de manhã para ir às vinhas,

vejamos se as vinhas têm lançado flor, se as flores produzem frutos, se as romãs já estão em flor: ali eu te darei meus seios.

(*Luz que se apaga.*)

(*Luz geral.*)

CLÁUDIO
Shaw: "Quando duas pessoas estão apaixonadas, numa exaltação quase patológica, a sociedade traz diante delas um padre e um juiz e exige que jurem que permanecerão o resto da vida nesse estado deprimente, normal e exaustivo."*

SÉRGIO
Shakespeare, que descreveu todas as emoções humanas, é aqui apresentado numa cena clássica de amor: na megera domada, o conflito entre Catarina e Petrúquio, dois amantes potenciais, dois temperamentos terríveis, que se encontram pela primeira vez: Petrúquio, a quem o pai a prometeu como esposa, vai manter Catarina num regime de opressão constante e domá-la. Mas a tarefa não é de todo fácil. (*Trombetas.*)

PETRÚQUIO
Vou lhe fazer a corte com algumas ironias. Se me insultar bem, eu lhe direi que canta tão suavemente quanto o rouxinol. Se fizer cara feia, aí direi que seu

---

* Bernard Shaw: *Everybody's Political What's What?* Constable and company Londres. 1944. Tradução do autor.

olhar tem o frescor e a limpidez das rosas matinais banhadas pelo orvalho. Que fique muda, sem pronunciar sequer uma palavra: louvarei sua maneira jovial, frisando que tem uma eloquência admirável. Que mande eu ir embora: e lhe agradecerei como se me pedisse para ficar a seu lado uma semana. E se se recusa a casar, fingirei ansiar pelo dia das bodas. Mas lá vem ela; e agora, Petrúquio, fala! (*Entra Fernanda.*) – Bom dia, Cata, pois ouvi dizer que assim a chamam.

CATARINA
Pois ouviu muito bem para quem é meio surdo: os que podem me chamar me chamam Catarina.

PETRÚQUIO
Tu mentes, Catarina; pois te chamas simplesmente Cata. Cata, a formosa e, algumas vezes, a megera Cata. Mas Cata, a mais bela Cata de toda a cristandade. Cata, esse catavento, minha recatada Cata, a quem tanto catam, ah, portanto, por isso, Cata, meu consolo, ouvindo cantar tua meiguice em todas as cidades, falar de tuas virtudes, louvar tua beleza, me senti movido a vir aqui pedir-te em casamento.

CATARINA
Movido, em boa hora! Pois quem o moveu daqui que daqui o remova. Assim que o vi percebi imediatamente que se tratava de um móvel.

PETRÚQUIO
Como, um móvel?

CATARINA
Um móvel. Um banco.

PETRÚQUIO
Você percebeu bem; pois vem e senta em mim.

CATARINA
Os burros foram feitos para a carga, como você.

PETRÚQUIO
Para carregar-nos muito antes de nascer foram feitas mulheres.

CATARINA
Mas não a animais, quer me parecer.

PETRÚQUIO
Ai, Cata gentil! Não pesarei quando estiver em cima de ti... pois és tão jovem e tão leve...

CATARINA
Leve demais para ser carregada por um grosseirão como você e, no entanto, pesada, por ter de ouvi-lo e vê-lo.

PETRÚQUIO
Não maltrate aquele que a corteja.

CATARINA
Corteja ou corveja?

PETRÚQUIO
Oh, pombinha delicada, um corvo te agradaria?

CATARINA
É melhor que um abutre!

PETRÚQUIO
Vejo-a agora irritada demais; a pombinha virou vespa.

CATARINA
Se virei, cuidado com o meu ferrão.

PETRÚQUIO
Só me resta um remédio – arrancá-lo.

CATARINA
Sim, se o imbecil soubesse onde ele é.

PETRÚQUIO
Mas quem não sabe onde é o ferrão da vespa? No rabo.

CATARINA
Na língua.

PETRÚQUIO
De quem?

CATARINA
Na sua, que fala de maneira grosseira! E agora, adeus!

PETRÚQUIO
Assim, com a minha língua no rabo? Não, volta aqui, boa Cata: eu sou um cavalheiro.

CATARINA
Vou verificar. (*Esbofeteia-o.*)

PETRÚQUIO
Volte a fazê-lo e juro que a estraçalho.

CATARINA
Com que armas? As de cavalheiro? Se me bater não será cavalheiro e, não sendo cavalheiro, não terás armas.

PETRÚQUIO
Ah, entendes de heráldica? Põe-me então no teu brasão que estou em brasas.

CATARINA
Qual é o seu emblema? Uma crista de galo?

PETRÚQUIO
Um galinho sem crista, se queres ser minha franga.

CATARINA
Galo sem cristã não é galo pra mim.

PETRÚQUIO
Vamos, Cata, vamos: não sejas tão azeda.

CATARINA
É como eu fico, quando vejo um rato.

PETRÚQUIO
Não há ratos aqui; portanto não se azede.

CATARINA
Há sim, há sim.

PETRÚQUIO
Mostre-me então.

CATARINA
Se eu tivesse um espelho mostraria.

PETRÚQUIO
Como? O rato então sou eu?

CATARINA
Que perspicácia em rapaz tão jovem.

PETRÚQUIO
Jovem mesmo, por São Jorge. Sobretudo em relação a você.

CATARINA
E, no entanto, todo encarquilhado.

PETRÚQUIO
São as penas do amor.

CATARINA
Não me dê pena.

PETRÚQUIO
Mas, ouve aqui, Cata; juro que não me escapas assim.

CATARINA
Se eu ficar é só para irritá-lo. Largue-me!

PETRÚQUIO
E, agora, pondo de lado tudo o que dissemos, vou falar claro: teu pai já consentiu em que cases comigo. Já concordamos com respeito ao dote. E queiras ou não queiras, vou me casar contigo. Olha, Cata, sou o marido que te convém: sou aquele que nasceu para domar-te e transformar a Cata selvagem numa gata mansa.

CATARINA
Vai domar os teus criados, imbecil! (*Sai.*) (Fade-out – fade-in *rápidos.*)

PETRÚQUIO
(*Monólogo.*) Assim, com muita astúcia, começo meu reinado e espero terminá-lo com sucesso. Meu falcão está faminto, de barriga vazia. E enquanto não ficar bem amestrado não mandarei matar a sua fome. Assim, aprenderá a obedecer ao dono. Outra maneira que tenho de amansar meu milhafre, de ensiná-lo a voltar e a conhecer meu chamado, é obrigá-la à vigília como se faz com os falcões que bicam e batem as asas para não obedecer. Ela não comeu nada hoje, nem comerá.

Não dormiu a noite passada, também não dormirá esta. Como fiz com a comida hei de encontrar também algum defeito na arrumação da cama. Atirarei para cá o travesseiro, pra lá as almofadas, prum lado o cobertor, para outro os lençóis. Ah, e no meio da infernal balbúrdia não esquecerei de mostrar que faço tudo por cuidado e reverência a ela. Concluindo porém; ficará acordada a noite inteira. E se, por um acaso, cochilar, me ponho aos gritos e aos impropérios com tal furor que a manterei desperta. Assim se mata uma mulher com gentilezas. Assim eu dobrarei seu gênio áspero e raivoso. Se alguém conhece algum modo melhor para domar uma megera, tem a *palavra.** (*Sai.*) (*Sobe música* – Fade-out – Fade-in *sobre Sérgio.*)

SÉRGIO
Num dos livros mais influentes da literatura moderna, *Ulisses*, de James Joyce, Molly Bloom relembra a sua vida num solilóquio famoso feito em dezenas e dezenas de páginas sem pontuação e sem sentido objetivo. Aqui as últimas palavras do livro:

FERNANDA
É que o Sol nasce pra você, me disse ele no dia em que nós estávamos deitados entre os rododendros e eu obriguei ele pela primeira vez a me pedir, sim, e eu lhe dei um pedaço de bolo da minha boca e era ano bissexto como agora, sim, já passaram 16 anos, meu Deus, depois do beijo comprido que eu quase perdi o

---
* Shakespeare. *The Taming of the Shrew*. Tradução do autor. Editora Letras e Artes. 1963.

ar ele disse que eu era uma flor da montanha, sim, é que nós todas somos flores em nosso corpo de mulher, sim, e aí foi porque eu gostei dele pois ele entendia o que uma mulher era e dei a ele todo o prazer que eu podia, empurrando ele até ele pedir para eu dizer sim, mas eu não respondia de saída olhando o céu e o mar e estava pensando numa porção de coisas que ele não sabia, de pessoas com nomes que ele nunca ouvira, do meu pai, do Capitão do mercado da rua Duque, dos burrinhos meio dormindo escorregando pela ladeira, das moças espanholas de xale, rindo, rindo, de Ronda olhando para o amante dela pelas frestas da venesiana das casas amarelas e dos jasmins de Gibraltar quando eu menina era como uma flor da montanha, sim, quando eu botei uma rosa no cabelo como as raparigas andalusas costumavam fazer e como ele me beijou debaixo da torre mourisco e eu pensei bem tanto faz ele como outro qualquer, sim, e com os meus olhos eu pedi a ele pra me pedir de novo, sim, e então ele me pediu se eu deixava, sim, se eu dizia sim minha flor da montanha e eu primeiro botei meus braços no pescoço dele, sim, e puxei-o pra mim para ele sentir meus seios todos perfumados, sim, e o coração dele batia como louco, e sim, eu disse sim, eu deixo sim.*
(*Blecaute. Luz sobre Sérgio.*)

---

* *Ulisses*, de James Joyce. Famoso trecho da *stream of consciousness*. Aqui se procura, sem alterar palavras, dar uma ideia brevíssima, um *gusto* de Joyce. O problema da tradução é capital. O final da infinita frase de Molly Bloom é: "... and yes, I said yes, I will, yes". Sendo *will* um verbo auxiliar e estando o verbo essencial oculto, é impossível saber o que Molly *will* fará. O tradutor optou por um verbo ao mesmo tempo forte e cheio de ternura, com o qual a mulher demonstra a força de quem concede e o carinho extremo de quem se entrega; deixar. "Eu *deixo*, sim."

SÉRGIO
Mas que é o homem que ainda não conseguiram defini-lo? Os livros de história natural ensinam que é um animal. Os cineastas declaram que é um artista. Os jornais demonstram que é um jornalista. Os médicos diagnosticam: é um doente. Os totalitários proclamam que é um autômato. Para o outro homem ele é, quase sempre, um inimigo. (*Vai apagando até blecaute. Sobe música.*)

O homem:
Lobo do homem

CLÁUDIO
(*No escuro, luz dramática.*) – E Abraão disse a Lot: "Peço-te que te separes de mim. Se fores para a esquerda eu irei para a direita. Se fores para a direita eu irei para a esquerda".

FERNANDA
Decálogo do Senador Goldwater: (*com slides.*)

SÉRGIO
1) O governo deve retirar-se de todas as iniciativas fora de suas atribuições como Previdência Social, Educação Pública, agricultura e projetos habitacionais.

CLÁUDIO
2) Não pode haver coexistência com os comunistas enquanto eles não acreditarem em Deus.

SÉRGIO
3) Eis nossa alternativa: grandes governos ou grandes negócios. Sou contra os grandes governos.

CLÁUDIO
4) Meu objetivo não é passar leis: é rejeitá-las.

SÉRGIO
5) Devemos desfolhar as florestas do Vietnam com pequenas bombas atômicas. Removendo-se a folhagem, remove-se a cobertura do guerrilheiro.

CLÁUDIO
6) As questões raciais devem ser tratadas apenas pelas pessoas diretamente envolvidas nelas.

SÉRGIO
7) Poeira radioativa? Isso não existe!

CLÁUDIO
8) A decisão da Suprema Corte não é, necessariamente, a lei do país.

SÉRGIO
9) Sempre fui contra a ajuda externa e sempre votarei contra ela.

CLÁUDIO
10) O comunismo não é alimentado pela pobreza, doença e outras condições sociais e econômicas semelhantes. O comunismo é alimentado pelos comunistas.* (*Luz se modifica.*)

---

* Da revista *Time*.

FERNANDA
Há violência no mundo. Uma das maiores vem acontecendo na Colômbia durante quase vinte anos. Já fez 200.000 mortos, mais do que toda a guerra da Coreia. A ação bárbara ficou conhecida como La Violência, e ainda perdura.

SÉRGIO
La Violência, uma luta fratricida entre liberais e conservadores, começou em 1948 com o assassinato do líder Eliézer Gaitán; dentro em breve tinha degenerado numa guerrilha total da qual ninguém se lembrava o começo. Duas especialidades dos matadores, de ambos os lados: La Franela, que consiste em arrancar a carne em volta do pescoço da vítima de uma forma que lembra uma echarpe; e La Corbata – um buraco na altura do pomo de Adão, através do qual puxa-se a língua da vítima dando-se a impressão dela estar de gravata.* (*Sobe música* – Fade-out – fade-in.)

CLÁUDIO
O ódio é o de sempre, a paixão eterna. Em *Ricardo II*, de William Shakespeare, a rainha Margaret lança sobre a rainha Elizabeth e seus fidalgos uma maldição sem igual.

FERNANDA
"Podem as maldições rasgar as nuvens e penetrar no céu? Abram-se então, nuvens malditas, à minha

---
* Episódio a que Eduardo Galeano também se refere, de outra maneira, em *As veias abertas da América Latina*. Ed. Paz & Terra.

maldição de fogo. Que o teu rei seja morto, não na guerra mas por devassidão, já que o nosso foi assassinado para fazê-lo rei. Teu filho Eduardo, que agora é o príncipe de Gales, por meu filho Eduardo, que era o Príncipe de Gales, morra jovem também, com igual violência.

Tu, agora rainha, por mim que era a rainha, sobrevivas à Glória, como eu, desgraçada!

E que vivas bastante, para chorar por teus filhos e ver outra mulher, como agora eu te vejo, sentada em teus direitos, como tu, hoje nos meus. Muito antes que morras morra tua alegria. E depois de infinitas horas de amargura, morras nem mãe, nem esposa, nem rainha da Inglaterra.

Rivers e Dorset, fostes testemunhas como foste tu, Lord Hastings, de que meu filho morreu sob punhais sangrentos: peço a Deus que nenhum de vós chegue ao fim da existência normal mas seja morto por qualquer acidente inesperado.

Quanto a ti, Gloster, eu não te esqueço, cão: espera e ouve.

Se o céu reserva para ti pragas mais monstruosas do que as que te desejo, deve guardá-las até que amadureçam os teus pecados para só então despejar seu ódio sobre ti, destruidor da paz do pobre mundo!

Que o verme do remorso te roa, sem cessar, a alma! Que enquanto viveres duvides dos amigos como traidores e aceites como amigos os mais vis traidores. Que o sono jamais feche o teu olhar de vesgo a não ser para trazer um pesadelo horrendo que te atormente com um inferno de demônios medonhos.

Tu, desfigurado pelo espírito do mal, aborto, porco!
Tu, filho do inferno, marcado de nascença como escravo da natureza!
Tu que apodreceste o ventre de tua mãe; tu, fruto odiado do sêmen de teu pai!"*
(Fade-out. *Sobe música.*)

---

* William Shakespeare. *Ricardo II*. Tradução do autor.

O homem:
A sua saudade

CLÁUDIO
Bilac:
Por ser de minha terra é que sou rico
Por ser de minha gente é que sou nobre.*
(*Slides* (*bonitos*) *dos pracinhas em São Domingos.*)

SÉRGIO
Não permita Deus que eu morra

FERNANDA
Nosso céu tem mais estrelas

SÉRGIO
Sem que eu volte para lá

FERNANDA
Nossas várzeas têm mais flores

SÉRGIO
As aves que aqui gorjeiam

---
* Bilac. Citado de memória.

FERNANDA
Nossos bosques têm mais vida

SÉRGIO
Não gorjeiam como lá

FERNANDA
Nossas várzeas têm mais flores

SÉRGIO
Minha terra tem palmeiras

FERNANDA
Nossa vida mais amores

SÉRGIO
Onde canta o sabiá*

---

* Estes versos, da maneira que os usamos, uma forma aparentemente simples, podem bem dar aos futuros autores de *Colagens* a ideia das possibilidades de criação dramática do gênero. A "Canção do Exílio", de Gonçalves Dias, escrita em Coimbra, em 1841, é assim:

Minha terra tem palmeiras,
Onde canta o sabiá;
As aves que aqui gorjeiam,
Não gorjeiam como lá.

Nosso céu tem mais estrelas,
Nossas várzeas têm mais flores,
Nossos bosques têm mais vida,
Nossa vida mais amores.

Em cismar, sozinho, à noite,
Mais prazer encontro eu lá;
Minha terra tem palmeiras,
Onde canta o sabiá. (continua)

CLÁUDIO

(*Pegando um livro.*) De Cornélio Pena, um dos mais puros escritores brasileiros. (*Abre o livro.*)

"Minha mãe era uma figura de constante e misteriosa doçura, sempre mergulhada em um sonho longínquo, como se toda ela estivesse envolvida em seu manto de viuvez, de crepe suave, quase invisível, que não deixava distinguir-se bem os seus traços, os seus olhos distantes. Andava pelas salas de nossa casa, em silêncio, sentava-se em sua cadeira habitual sem que se ouvisse o ruído de seus passos, e, quando falava, era em um só tom, sem que nunca a impaciência o alterasse. Sabíamos todos, contado em segredo pelas outras senhoras, o rápido e doloroso drama que a tinha despedaçado. Tendo casado em Paris, seguira para Itabira do Mato Dentro, e, depois de oito anos de

---

(continuação) Minha terra tem primores,
Que tais não encontro eu cá;
Minha terra tem palmeiras,
Onde canta o sabiá.

Não permita Deus que eu morra,
Sem que eu volte para lá;
Sem que desfrute os primores
Que não encontro por cá;
Sem que ainda aviste as palmeiras
Onde canta o sabiá.

Esse poema – principalmente alguns versos – são, possivelmente, a coisa mais entranhada, emprenhada, na alma brasileira, em todas as idades e em muitas gerações. Colocá-los no trabalho trazia o risco da trivialidade demagógica. Contudo, com o poema cortado ao essencial e os versos trocados de ordem, tem-se uma verdadeira recriação que justifica sua inclusão na colagem. O público reconhece imediatamente a poesia mas tem a estranha sensação de estar ouvindo uma interpretação, uma espécie de "arranjo" musical – uma coisa velha curiosamente nova.

felicidade, meu pai morrera subitamente. Desorientada, tentou refugiar-se junto de minha avó, que ficara em Honório Bicalho, e, na estação, soube que ela falecera na véspera. Quis então ir para junto da irmã e madrinha, em São Paulo, mas esta também morreu, no mesmo mês... e assim se fechara sobre ela uma lousa inviolável de renúncia e de tristeza, que nós os filhos nunca pudemos vencer, durante tantos anos de sobrevivência. Quando fecho os olhos, ainda a vejo, a mesma de todo o tempo, e me lamento porque não a fiz sofrer sem reservas, porque não a fiz chorar todas as lágrimas da maternidade infeliz, porque não lhe dei socorro aos gritos, e é só por isso que desejava guardar sua imagem muito pura, muito secreta, e tenho a impressão de traí-la falando sobre ela!"*

SÉRGIO
Mas tudo, afinal, que passa e não volta, fica em frases, dísticos, rótulos, labéus. Tudo são recordações e saudades.

CLÁUDIO
Há os nomes que vêm nos para-choques dos caminhões, jactância, alegria, desafio. "O leão das ruas". "Eu volto, flor." "Vaca no pasto não tem touro certo." "Sogra não é parente, é castigo." "Arma branca, só cachaça."

FERNANDA
Há os anúncios de casas comerciais, quase sempre mesquinhos nas casas pequenas, tentadores e enga-

---
* Carta de Cornélio Pena. *Das obras.* Edição Aguilar.

nosos quando as casas são grandes: "Quando este galo cantar, esta casa há de fiar." "Fiquei assim de vender fiado." "Verdadeira loucura: queima geral para entrega do prédio."

SÉRGIO
Há frases de cidade, desta, de todas as cidades: "Está tudo perdido!" "A casa ficava aqui." "Um escândalo! Um escândalo!" "O mar hoje está uma lagoa."

CLÁUDIO
Há as frases dos namorados, eternas, mas ah, pela primeira vez ouvidas: "Meu nome é Margarida, mas pode me chamar de Mara". "Pensei que não viesses mais." "Eu não posso viver sem ela." "E eu, não gosto de você?"

FERNANDA
Há os galanteios de esquina: "Cuidado, senão quebra." "No dia em que eu for rico comprarei esse orgulho." "Que o diabo a carregue... lá pra casa." "Essa é a nora que meu pai queria."

SÉRGIO
Há as tristezas de um passado melhor: "Quando eu era nadador". "Me dá esses retratos aí na gaveta." "Te lembras do Martinelli?" "Eh, isso não volta mais."

CLÁUDIO
Há as verificações quase impossíveis: "Era a mais bela da cidade." "A coisa que eu mais detesto é quiabo." "Sou feliz, que importa o resto?" "Desta vez vim para ficar."

FERNANDA
Há uma imensa solidariedade: "Estarei lá, firme!" "Não te fies nele!" "Conte comigo!" "Oh, venha de lá de um abraço!"

SÉRGIO
Há uma vã memória: "Sou eu, não se lembra de mim?" "Vendiam-na embrulhada em folha de bananeira." "Quem te viu e quem tevê!"

CLÁUDIO
Há uma crise constante: "A vida está pela hora da morte." "Cada um? Pensei que fosse a dúzia." "Não se pode mais educar um filho." "Freguesa, hoje não quer nada?"

SÉRGIO
Há uma busca melancólica: "Ano que vem vou ver mamãe." "Um dia eu largo tudo e volto pra lá." "Não se chamava Rua dos Ourives?"

FERNANDA
Há alguns sons bens antigos: "Sorveeete de coco é de Cooooco da Bahia."

CLÁUDIO
Há uma redenção definitiva: "Era um bom sujeito."*

---

* O texto completo está em *Lições de um ignorante*, do autor. Edição Paz & Terra. 1977.

(Slide dramático de guerra.)

(Luz dramática sobre Fernanda.)

FERNANDA
E justamente no instante
em que a Ursa Polar girou
jogando a sombra da estrela
na rosa que o vento armou,
segundo o plano previsto
a bomba da paz voou.*

---

* *Ditado sobre o medo.* Reynaldo Jardim.

O homem:
O seu medo

SÉRGIO
"Guimarães Rosa: a cada hora de cada dia, a gente aprende uma qualidade nova de medo."*

CLÁUDIO
Dez horas e trinta e cinco do dia 30 de março de 1966. Uma caminhonete negra para diante da Embaixada Americana, em Saigon. O chofer desce: um funcionário o convida a circular. Nesse momento há uma explosão gigantesca (*slide*) – 115 quilos de plástico volatilizam o veículo, destroem todo o rés do chão da embaixada e as casas em torno. Os gritos e os gemidos de mais de uma centena de feridos enchem o esplendor da manhã clara. (*Slide. Homem com rifle.*) Um civil

---

* Outra demonstração curiosa das dificuldades de uma *Colagem*. O autor, lembrando-se, de memória, de uma ou duas frases sobre o medo escritas por Guimarães Rosa em *Grande sertão, veredas,* releu o romance. Curiosamente, talvez na pressa da releitura, não encontrou a frase essencial que buscava. O jornalista mineiro Etienne Arreguy se prestou a ajudá-lo, leu e anotou todas as frases de medo do *Grande sertão*. Só foi aproveitada esta frase, aliás profunda e contundente.

arranca o rifle de uma sentinela e procura inutilmente seu inimigo sem rosto.*

SÉRGIO
O general Taylor acabara de enviar um comunicado a Johnson – "Melhora sensivelmente a situação no Vietnam."

CLÁUDIO
Ditado sobre o Medo
Reynaldo Jardim:

FERNANDA
O que gera o fantasma são as fomes
e a funda insegurança dos meninos,
A queda repentina do horizonte,
O horizonte manchado de inimigos.
O que provoca o medo são as pontes interrompidas
sem qualquer aviso.
O tiro pelas costas e a escuridão
fechando as portas de qualquer abrigo.
O que fermenta o medo e a rebelião
é o esperar – prolongado e mais aflito –
do filho sem saber se trará pão
o pai que a vida inteira plantou trigo

FERNANDA
De *Brecht*, o poema do Medo:
"A Infanticida Maria Farrar."

---

* Tradução e redução de um trecho de reportagem da revista americana *Life*. Para a cena é fundamental usar a foto original a que o texto se refere.

Maria Farrar, nascida em abril,
sem sinais particulares
menor de idade, órfã, raquítica,
ao que parece matou um menino
da maneira que se segue.
Sentindo-se sem culpa
afirma que, grávida de 2 meses,
no porão de uma dona
tentou abortar com duas injeções
dolorosas, diz ela,
mas sem resultado.
E bebeu pimenta em pó
com álcool, mas o efeito
foi apenas de purgante.
Mas vós, por favor, não deveis
vos indignar.
Toda criatura precisa da ajuda dos outros.

Seu ventre agora inchara a olhos vistos,
e ela própria, criança, ainda crescia.
E lhe veio a tal tonteira no meio das matinas
e suou também de angústia aos pés do altar.
Mas conservou secreto o estado em que se achava
até que as dores do parto lhe chegaram.
Então, tinha acontecido, também a ela!,
assim, feiosa, cair em tentação.
Mas vós, por favor, não deveis vos indignar,
toda criatura precisa da ajuda dos outros.
Naquele dia, disse, logo pela manhã,
ao lavar as escadas, sentiu uma pontada

como de alfinetadas na barriga.
Mas ainda consegue ocultar sua moléstia.
E o dia inteiro estendendo paninhos, buscava solução.
Depois lhe vem à mente que tem de dar à luz e, imediato,
sente um aperto no coração. Chegou em casa tarde.
Mas vós, por favor, não vos indigneis,
toda criatura precisa da ajuda dos outros.
Chamaram-na enquanto ainda dormia,
tinha caído neve, e havia que varrê-la.
Às 11 terminou. Um dia bem comprido.
Somente à noite pôde parir em paz.
E deu à luz, ao que disse, um filho.
O filho se parecia a tudo quanto é filho
mas ela não era como as outras mães.
Mas vós, por favor, não vos indigneis
Toda criatura precisa da ajuda dos outros.
Com as últimas forças, ela disse, prosseguindo,
dado que no seu quarto o frio era mortal,
se arrastou até a privada, e ali,
quando, não mais se lembra
pariu como pôde quase ao amanhecer.
Narra que a esta altura estava transtornadíssima,
e meio endurecida, e que o garoto o segurava a custo,
pois que nevava dentro da latrina.
Entre o quarto e a privada
o menino prorrompeu em prantos,
e isso a perturbou de tal maneira, ela disse,
que se pôs a socá-lo
às cegas, tanto, sem cessar,
até que ele deixasse de chorar.

Depois conservou o morto no leito junto dela
até o fim da noite.
E de manhã, escondeu-o então no lavatório.
Mas vós, por favor, não deveis vos indignar,
toda criatura precisa da ajuda dos outros.
Maria Farrar, nascida em abril,
morta no cárcere de Moissen,
Garota-mãe, condenada,
quer mostrar a todos o quanto somos frágeis.
Vós que paris em leitos confortáveis,
e que chamais bendito o vosso ventre inchado,
não deveis execrar os fracos e desamparados.
Por obséquio, pois, não vos indigneis.
Toda criatura precisa da ajuda dos outros.

(*Sobe música.*)

SEGUNDA PARTE

O homem:
O seu ciúme

SÉRGIO
Tenho ciúme de quem não te conhece ainda
E, cedo ou tarde, te verá, pálida e linda,
pela primeira vez.

CLÁUDIO
Esse ciúme de Guilherme de Almeida é o ciúme romântico. Shakespeare retratou em Otelo o ciúme violento, assassino. Proust, em *Em busca do tempo perdido*, colocou na figura de Carlos Swan o mais profundo e detalhado estudo de ciúme mórbido da literatura e da psicologia. Mas o que vamos apresentar aqui é o ciúme de Molière, patológico e, sobretudo, ridículo.

FERNANDA
Engels disse: com a monogamia aparecem na história, de maneira permanente, duas figuras: o amante e, consequentemente, o cornudo. O adultério torna-se uma instituição social inelutável, perseguida, condenada, punida, mas impossível de ser suprimida.

CLÁUDIO
Um resumo: *A escola de mulheres* de Molière. (*Sai.*)

(*Slide de figura da época, só para dar cor local.*)

SÉRGIO
Existe alguma outra cidade do mundo com maridos tão complacentes quanto os nossos? Não os encontramos de todas as variedades, acomodados cada um de um jeito? Este junta mil bens, para que a esposa os divida, adivinha com quem? Com quem o cornifica. Outro, com um pouco mais de sorte, mas não menos pateta, vê a mulher receber inúmeros presentes, todo dia, mas não se mortifica com ciúmes; porque ela o convence facilmente de que são os prêmios da virtude. Um grita muito, mas fica no barulho; outro, vendo chegar em casa o galanteador, ainda vai, gentil, pegar-lhe a luva e a capa. Uma esposa, cheia de malícia, para evitar suspeitas, faz do próprio marido um confidente; e este dorme, tranquilo, até com pena do coitado que tanto esforço faz sem ser correspondido. Outra mulher casada, para explicar um luxo que se estranha, diz que ganha no jogo as fortunas que gasta; e o bendito marido, sem perguntar qual o jogo, ainda junta um provérbio: "Feliz no jogo, infeliz nos amores". Mas eu conheço os truques, toda a infinita trama que as mulheres usam para encobrir o Sol. Contra tais habilidades tomei minhas precauções. Um ar doce e tranquilo fez com que eu amasse Inês quando a vi entre outras crianças. Criei-a desde os quatro anos de idade. Num pequeno convento fiz

com que fosse educada sob regras estritas: ou seja, que só lhe ensinassem aquilo que pudesse torná-la o mais estúpida possível. Agora alojei-a numa casa bem distante onde ninguém me visita. Imaginem – é tão inocente que noutro dia veio me perguntar se as crianças se fazem pelo ouvido. Mas, quem vejo... será que...? Ah, sim...

HORÁCIO
Senhor Arnolfo!

ARNOLFO
Mas caro Horácio. Há quanto tempo está aqui?

HORÁCIO
Há nove dias! Fui direto à sua casa, mas em vão.

ARNOLFO
Estive fora dez dias. (*Examinando-o.*) Oh, como esses meninos crescem! Estou admirado de vê-lo assim tão alto; quando eu o conheci não era mais que isto.

HORÁCIO
Como vê...

ARNOLFO
Que tal tem achado esta cidade?

HORÁCIO
Com muitos cidadãos, construções magníficas e divertimentos como ainda não tinha visto.

ARNOLFO
Cada um encontra aqui com que se divertir, por mais requintado que o seu gosto seja; mas, para aqueles que batizamos de galantes, este país é um sonho – não há, em parte alguma, mulheres tão compreensivas. Se acha o que se quer; morenas, louras, todas amistosas, gentis, dadas. E os maridos? Não há, no mundo, maridos mais benignos. Mas, estou falando e, quem sabe, o amigo já pegou alguma?

HORÁCIO
Para não lhe ocultar nada da verdade pura, já tive também, nesta cidade, uma pequena aventura de amor; a amizade obriga que lhe conte.

ARNOLFO
(*À parte.*) – Bem, vou ouvir, com cuidado, mais uma de otário; e logo mais, com calma, anoto em meu diário.

HORÁCIO
Lhe confesso com total franqueza que meu coração foi literalmente estraçalhado por uma bela jovem que vive aqui bem perto. Mas minhas manobras foram tão felizes que logo consegui lhe ser apresentado e ter acesso ao próprio aposento em que ela dorme. Sem querer me gabar, e sem injuriá-la, eu posso lhe dizer que as coisas já vão mais longe do que eu sonharia...

ARNOLFO
(*Rindo.*) E ela é...?

HORÁCIO
(*Apontando para a casa de Inês.*) Uma coisinha linda que vive nessa casa ali, da qual se vê um pedaço do muro avermelhado. Simples, na verdade, de uma simplicidade sem igual – se chama Inês.

ARNOLFO
(*À parte.*) Ai, que eu rebento!

HORÁCIO
A pobre foi condenada a viver trancada pela estupidez sem paralelo de um grosseirão que a afasta de todo o contato com o mundo. Me disseram que é um tipo muito ridículo: o senhor conhece?

ARNOLFO
(*À parte.*) – A pílula é amarga – mas tenho que engoli-la.

HORÁCIO
Mas, como é, não me diz nada?

ARNOLFO
Ah, sim, conheço ele.

HORÁCIO
É ou não é um imbecil?

ARNOLFO
É!

HORÁCIO
O que é que o senhor fez? O quê? Eh!? Isso quer dizer sim? Ciumento de matar de riso? Paspalhão? Então é exatamente aquilo que me descreveram. Mas, de repente, está triste! Por acaso reprova o que eu fiz?

ARNOLFO
Não; é que eu estava pensando...

HORÁCIO
Minha conversação o cansa. Adeus, então...

ARNOLFO
(*Só.*) Com que imprudência e com que pressa me vem ele contar o seu caso, a mim mesmo! Apesar de não saber que o negócio é comigo, ainda assim poderia ser mais gentil com os estranhos. Mas não sou homem capaz de engolir sapos. Não vou deixar o campo livre a esse fedelho. No ponto a que chegamos ela já é quase minha esposa; se escorregou, me cobriu de vergonha. Oh, ausência fatal! Viagem infortunada! (*Sai. Entram Alain e Georgete.*)

GEORGETE
Meu Deus, Alain, o patrão chegou terrível! Nunca vi um cristão mais horrendo.

ALAIN
Aquele senhor deve tê-lo enganado.

GEORGETE
Mas, por que razão ele não deixa que ninguém se aproxime de nossa pobre patroa?

ALAIN
É porque sente ciúme, Georgete.

GEORGETE
Mas para ter ciúme é preciso um motivo.

ALAIN
O motivo... o motivo... é que sente ciúme.

GEORGETE
Mas por que tem ciúme?

ALAIN
Porque o ciúme... você me entende. Georgete... o ciúme é uma coisa... Vou dar um exemplo, pra que você entenda com mais facilidade; você está na mesa, a mesa arrumadinha, vai começar a comer o seu mingau, quando passa por lá um esfomeado e começa a querer comer a comida que é tua. Você não fica furiosa e o põe pra fora?

GEORGETE
Já começo a entender.

ALAIN
Pois é isso que entendes. A mulher não é mais do que o mingau do homem. E quando um homem percebe

que outros homens querem meter o dedo no mingau
que é dele...

GEORGETE
Depressa, aí vem ele. (*Saem.*)

ARNOLFO
Inês! Inês! (*Entra Inês.*)

INÊS
Chamou?

ARNOLFO
Chamei. Cheguei.

INÊS
Oh, que prazer. Fiquei tão ansiosa. Cada cavalo, burro ou mula que passava eu pensava que era você chegando.

ARNOLFO
Vamos dar um passeio. (*Passeiam.*) Um passeio bonito.

INÊS
Muito bonito.

ARNOLFO
Um lindo dia.

INÊS
Lindíssimo.

ARNOLFO
E o que é que há de novo?

INÊS
O gatinho morreu.

ARNOLFO
Coitado! Mas, enfim, somos todos mortais, cada um morre sua vez. O mundo, cara Inês, que coisa estranha é o mundo! A maledicência geral, por exemplo. Uns vizinhos me disseram que um homem jovem penetrou lá em casa em minha ausência e que você não só o viu, como ouviu também, com agrado! Mas é claro que não acreditei nessas línguas viperinas e apostei até na falsidade de...

INÊS
Por Deus, não aposte! Era perder, na certa!

ARNOLFO
O quê? É verdade que um homem...?

INÊS
E certo! É certo! Mais do que isso – quase não saiu aqui da nossa casa o tempo todo.

ARNOLFO
(*Baixo, à parte.*) – Essa confissão, que faz com tal sinceridade, me prova pelo menos a sua ingenuidade: (*Alto.*) Como é que é essa história?

INÊS
Eu estava na varanda, costurando ao ar livre, quando vi passar debaixo do arvoredo um rapaz muito bem apessoado que, vendo que eu o via, me fez um cumprimento respeitoso. Eu, não querendo ser menos educada, respondi do meu lado ao cumprimento. Ele, rapidamente, fez outra reverência; eu, também depressa, respondi; ele então se curvou uma terceira vez; e uma terceira vez eu me curvei. Ele passa, retorna, repassa, e a cada ida e volta, se curva novamente; e eu, que, é natural, olhava para esse movimento todo, tinha que responder a cada cumprimento. Tanto que, se em certo instante a noite não chegasse, eu teria ficado ali, saudando eternamente. Pois eu não ia ceder e passar pela vergonha dele me julgar menos civilizada.

ARNOLFO
Muito bem.

INÊS
No dia seguinte, eu estava na porta, uma velha se aproximou e disse assim: "Minha filha, que Deus te abençoe e mantenha tua beleza durante muitos anos; ele não te fez assim tão bela para que você espalhasse o mal por onde passa. Você deve saber que feriu um coração".

ARNOLFO
(*À parte.*) Oh, um instrumento de Satã! Alma danada!

INÊS
"Eu feri o coração de alguém?" perguntei espantada. "Feriu!" me respondeu a velha, "e feriu seriamente." "Qual foi a causa?", disse eu. "Por acaso deixei cair algum vaso em cima dele?" "Não", me respondeu a velha. "O golpe fatal partiu desses seus olhos."

ARNOLFO
(*À parte.*) – Tudo foi causado por uma alma inocente; tenho que me acusar de uma ausência imprudente que deixou aqui, sem proteção, esses encantos tentadores, expostos à cupidez dos mais vis sedutores. Temo só que o velhaco, entre lua e luar, haja ido mais longe do que ouso pensar. (*A Inês*) Me conta agora o que aconteceu depois; como ele se comportou enquanto a visitava.

INÊS
Ah, foi muito bonzinho: dizia que me amava um amor sem igual, dizia palavras as mais gentis do mundo, coisas como jamais ouvi ninguém dizer e que me faziam subir um certo não sei que aqui por dentro.

ARNOLFO
(*Baixo, à parte.*) Oh, exame funesto de um mistério fatal, onde o examinador sofre só todo o mal. (*Alto.*) Além de todas essas conversas, e de toda essa cumprimentação, ele não lhe fazia também umas carícias?

INÊS
Ah, tantas! Pegava minhas mãos, meus braços, e não cansava nunca de beijá-los.

ARNOLFO
E, diz aqui, Inês, ele não quis mais nada? Não foi...
mais... adiante; (*vendo-a confusa.*) Ui!

INÊS
Hummm... ele me...

ARNOLFO
O quê?

INÊS
...pediu...

ARNOLFO
...Ahn?

INÊS
...a...

ARNOLFO
Pediu a...?

INÊS
Não tenho coragem; você vai ficar furioso comigo.

ARNOLFO
Não fico.

INÊS
Eu sei que fica.

ARNOLFO
Deus do céu! Não fico!

INÊS
Ele me tirou a... Você vai ficar!

ARNOLFO
Não fico, não fico, não fico! (*À parte.*) Ah, que eu fico! Eu sofro como um louco!

INÊS
(*Gritando.*) Ele me tirou a fita que você me deu.

ARNOLFO
(*Respirando fundo.*) Oh, a fita é o de menos. Estou aliviado. Vai, vai e manda aqui os dois criados. (*Sai Inês.*) Roubado desse amor eu sofro duas vezes; a honra me dói e o coração me estoura. Enraiveço por ver meu lugar usurpado, enlouqueço por ver meu bom senso enganado. Deus, livrai minha fronte da desonra; mas, se está escrito que a mim também algo aconteça nessa parte do corpo, dai-me ao menos, pra me ajudar a suportar esse acidente, a mansidão que vejo em tanta gente.*
(Fade-out – *música.*)

---

* *A escola de mulheres* de Molière. Tradução do autor. Editado em edição conjunta pela Editora Nórdica e Círculo do Livro. A cena está reduzida.

O homem:
A sua solidão

FERNANDA
William Shakespeare, outra vez. O Solilóquio da solidão de Ricardo II:

CLÁUDIO
"Não importa onde, mas que nenhum homem me fale de consolo.
Falemos de tumbas, de vermes, de epitáfios,
Falemos de nossos testamentos.
Ou não? Pois que temos a legar
senão nossos corpos depostos sobre o chão?
Nossas terras, nossas vidas, e tudo o mais, pertencem à morte
e nada podemos dizer que nos pertence. Exceto a morte
e esse pequeno modelo de terra estéril
que serve de argamassa e cobre nossos ossos.
Pelo amor de Deus, sentemo-nos no chão
para contar histórias soturnas de reis mortos:
como uns foram depostos, alguns trucidados na guerra,

alguns perseguidos pelos fantasmas que haviam destronado,
alguns envenenados pelas companheiras, alguns mortos dormindo,
todos assassinados. Pois dentro da coroa oca
que cinge a têmpora mortal de um rei,
a morte mantém a sua corte, e fica lá, grotesca, zombando do poder, sorrindo à sua pompa, permitindo ao rei um fôlego, uma pequena cena,
na qual pode monarquizar, ser temido, matar com um olhar
e se encher de orgulho enorme e inútil.
E quando o vê assim, acomodado,
ela atravessa o muro do castelo com um alfinete mínimo,
e adeus, Rei!
Cobri vossas cabeças, e não zombai da carne e do sangue, tratando-os com solene reverência; fora o respeito, a tradição, a forma, o dever da cerimônia:
Eu me alimento de pão, como vós outros, sinto necessidades,
provo a angústia, preciso de amigos. Assim enclausurado, como podeis dizer a mim que eu sou um rei?"*

SÉRGIO
Piadas pungentes.

FERNANDA
Triste, entre as tristezas da vida, é o dia em que uma mulher começa a frequentar antiquários porque ali, talvez, quem sabe?, ainda encontre alguém que a queira.

---
* Tradução do autor.

SÉRGIO
E aquele menino muito pobre e abandonado, filho de uma família numerosa, quando alguém lhe perguntava quem ele era, respondia tristemente: "Eu? Eu sou aquele, de óculos."

FERNANDA
Dizia o psicanalista: "O que o senhor tem é mania de perseguição".
Dizia o cliente: "O senhor diz isso porque não gosta de mim".

SÉRGIO
(*Apito.*) – Se eu pegasse essa locomotiva, eu a traria para a minha solidão de monge e enquanto ela ficasse aqui, sozinha, eu apitaria, lá longe.

FERNANDA
Ser gagá não é viver apenas nos idos do passado: é muito mais! É saber que todos os amigos já morreram e os que teimam em viver são entrevados. E sorrir, interminavelmente, não por necessidade interior mas porque a dentadura é maior do que a arcada.

CLÁUDIO
É ficar olhando os brotinhos que passam, com o olhar esclerosado, numa inútil esperança. É ficar aposentado o dia inteiro, olhando no vazio, pensando em morrer logo e logo sair subitamente andando a meia hora que o separa dos cem metros da esquina, porque é preciso resistir. É dobrar o jornal encabulado, quando

chega alguém jovem da família, mas ficar olhando, de soslaio, para os íntimos da coluna funerária. É só pensar em comer, como na infância. E em certo dia, passar fome as vinte e quatro horas, só de melancolia.

SÉRGIO
É, na hora mais ativa do mais veloz Bangue-Bangue, descobrir, lá no terceiro plano, um ator antigo, do cinema mudo, e sentir no peito a punhalada. E surpreender, subitamente, um olhar irônico que trocam dois brotinhos, que, no entanto, o ouvem seriamente. E querer aderir à bossa nova, falar "sossega leão" e morrer de vergonha ao perceber o fora. E ter estado em Paris em 19. É ter sabido francês e esquecido. É descobrir de repente um buraco na roupa e dar graças a Deus, por ser na roupa.

FERNANDA
Ser Gagá é sentir plenamente que tudo que se leu, que se aprendeu, que se viu e se viveu, espantoso que seja, não terá a importância do feito de outro homem, nos inícios da vida. É estar sempre na iminência de ouvir em plena rua: "Olha o tarado!" É chamar de menina a quarentona. É ter uma esperança senil nos cientistas. É reparar, nos mais jovens, o imperceptível sinal da decadência: a lentigem nas mãos, o cabelo que afina, a pele que vai desidratando. É fazer planos quinquenais que espantam os jovens que acham cinco anos a própria eternidade, mas que o gagá sabe que voam, como voaram tantos, tantos, tantos. É sentir que agora, outra vez, está bem de saúde. É carregar o

corpo o tempo todo. É saber que não há mais ninguém com prazer em lhe acarinhar a pele. É já não ter prazer em passar a mão na própria pele. É ficar galante e baboseiro na terceira taça de champanhe. É sentir, de repente, o isolamento. É ficar egoísta e amedrontado. É não ter vez e nem misericórdia. Ser Gagá é fogo. Ou melhor, é muito frio.*

CLÁUDIO
Numa pequena aldeia carvoeira do País de Gales, no momento em que não tem mais forças para lutar contra a invasão asfixiante da escória de carvão, que esmaga lenta e implacavelmente a casa onde nascera, um homem vai rememorando no Adeus da despedida, toda a vida que viveu naquele vale, onde brincara, onde estudara, onde trabalhara, onde amara, onde sofrera.

SÉRGIO
Vou embrulhar minhas duas camisas e minhas outras meias no lenço azul que minha mãe costumava amarrar em volta do cabelo e me afastar do vale. Se eu descesse até a venda, para arranjar uma caixa de papelão, toda a gente saberia que eu vou embora. Não é isso que eu quero.
É estranho que o pensamento esqueça tanta coisa e guarde na lembrança umas flores que morreram há mais de trinta anos. Estavam no peitoril da janela e ainda vejo a água saindo por uma rachadura do barro vermelho. Me lembro de tudo porque Bron estava ali, linda!, envolvida num halo de sol. Trinta anos passados

---
* Do livro *Lições de um ignorante* do autor, já citado.

e tudo tão perto como agora. Sou Huw Morgan e vou-me embora deste vale, triste porque não consegui deixar minha marca no mundo lá fora, embora eu não seja o único, na verdade.

Conheci uma era de bondade e de maldade também, mais de bondade porém, que de maldade, posso jurar. Mas agora todos já se foram, todos vocês que eram tão belos quando ardentes de vida. Ou não se foram; porque são ainda uma chaga viva dentro do meu corpo. Morre então Veiwen, e morreu sua amada beleza aqui, agora, ao meu lado de novo, pois ainda sinto os braços magoados com o aperto dos seus dedos? Morreu Bron, que me mostrou o verdadeiro amor de uma mulher? Morreu meu pai, debaixo do carvão? Mas, Deus do céu, ele está lá fora ainda, dançando na rua com a camiseta vermelha de Davi em cima do ombro, e daqui a pouco estará na sala de jantar fumando o seu cachimbo, dando palmadas na mão de minha mãe e olhando – Oh, o calor do meu orgulho! – para o retrato de uma rainha, dado pela mão de uma rainha, ao seu filho mais velho, cuja batuta levantava vozes em música digna de ser ouvida por uma rainha. Morreu o pastor Grufid, que era amigo e era mentor e me deu o seu relógio, toda a riqueza que possuía, apenas porque gostava de mim? Morreu ele? Então, se morreu, todos nós também estamos mortos e tudo, afinal, não passa de uma zombaria.

Como era verde o meu vale e o vale daqueles que se foram!*

---

* Do romance de Richard Llewellyn, *How green was my valley.*

O homem:
O seu Deus

FERNANDA
"Se o latido dos cães chegasse ao céu, chovia osso."

SÉRGIO
"O primeiro patife que encontrou o primeiro imbecil resolveu ser o primeiro Deus."

CLÁUDIO
A frase é de *Voltaire*.

SÉRGIO
Mas, imbecil ou não, o homem continua a sua busca ansiosa procurando encontrar o Deus para que apela em suas horas extremas.

CLÁUDIO
Santa Teresa, num momento de êxtase, dirigindo-se a Jesus:

FERNANDA
"Oh, meu Bem Amado, por teu amor aceito não ver nesta terra a doçura do teu olhar, não sentir o inexprimível beijo de tua boca, mas suplico-te que me abraces com teu amor. Um dia, tenho a esperança, cairás impetuosamente sobre mim, transportando-me para o lume do amor; tu me mergulharás nesse ardente abismo a fim de fazer de mim – e para sempre – a feliz vítima dele. Amém."

CLÁUDIO
Mas há os que têm outros deuses e outro credo, como o artista do *Dilema de Um Médico*, de *Bernard Shaw*:

SÉRGIO
"Creio em Miguelângelo, Velázquez e Rembrandt, no poder do desenho, no mistério da cor, na mensagem da arte que tornou estas mãos abençoadas e na redenção de todas as coisas pela Beleza Eterna, Amém, Amém, Amém."

FERNANDA
Os salmos do Rei Davi são mais angustiados, mais viris e mais ligados à luta de seu povo:

CLÁUDIO
"Senhor, dá ouvido às minhas palavras, escuta o meu clamor. Porque, Senhor, é a ti que eu imploro. Que eu continue a ver os teus céus, obra de teus dedos, e a lua e as estrelas que tu estabeleceste. E eu cantarei o nome do Senhor altíssimo. Porque tu tens ferido

a todos os que me perseguem sem causa: quebraste os dentes dos pecadores. Pois eles estão de assento emboscado com os ricos, em lugares ocultos para arrebatar ao pobre, para se apoderar dos pobres. Lança a tua voz, Senhor, para que o homem não empreenda mais engrandecer-se sobre a terra. Porque a garganta de meus inimigos é um sepulcro aberto: eles conceberam a dor, pariram a injustiça.

Senhor, por que são em tão grande número os que me perseguem? Sejam precipitados no inferno todos os pecadores, todas as nações que se esquecem de Deus. Porque não haverá sempre o esquecimento do pobre; porque a paciência do pobre não poderá para sempre ser frustrada. Senhor, estabelece para os pobres um legislador: para que as nações conheçam que são homens. Senhor, tenho envelhecido no meio dos meus inimigos."

O homem:
O seu riso

CLÁUDIO
O homem é o único animal que ri.

SÉRGIO
E é rindo que ele mostra o animal que é.

FERNANDA
Dizem que o dinheiro fala; mas bom mesmo é o dólar, que fala várias línguas.

CLÁUDIO
A razão por que Cupido é tão mau atirador é que ele procura atingir o coração mas está sempre de olho em outras partes do corpo.

SÉRGIO
Que futuro terrível será o do Brasil se, dentro de 10 anos, lembrando os dias de hoje, nós dissermos com saudade: "Bons tempos, hein?"

FERNANDA
Groucho Marx: "Eu não frequento Clubes que me aceitam como sócio".

CLÁUDIO
Orson Welles: "O Brasil é o país onde se fabrica o melhor uísque falsificado do mundo".

SÉRGIO
Stanislaw Ponte Preta, introdutor da grossura na filosofia humorística carioca: "Quando eu vejo um afeminado muito musculoso é que percebo que a ordem dos fatores não halterofilista".

FERNANDA
Notícia de Jornal: "No Rio, dois trapezistas, em dois circos diferentes, caíram do trapézio e foram para o hospital. A verdade é que ninguém mais se aguenta".

CLÁUDIO
Notícia de jornal: "Na Inglaterra, foi condenado por adultério e atentado ao pudor um velho de 81 anos de idade, o que não é apenas uma indecência mas também um recorde".

SÉRGIO
Notícia de jornal: "Na impossibilidade de acabar com os mendigos, bêbados e vadias que enchem Copacabana, as autoridades resolveram tomar uma medida mais simples: vão proibir Copacabana para menores de 18 anos".

FERNANDA
Informação útil: O nome científico de dedo-duro é sclerodactylus.

CLÁUDIO
E logo vem a história da mulher do vegetariano que gritava para o marido: "Querido, vem depressa que a comida já está murchando".

SÉRGIO
E depois vem a história do otimista que se atirou do décimo andar de edifício e, ao passar pelo oitavo, murmurou: "Bem, até aqui tudo bem!"

FERNANDA
Triste país esse em que os otimistas estão se atirando do alto dos edifícios.

CLÁUDIO
Piadinha mundo-cão. Um acidente de automóvel causou uma pequena deformação naquele senhor. Nada de muito grave, não, mas, por azar, afetou-o exatamente no que mais caracteriza os senhores.

FERNANDA
Perguntava o oculista: "Que letra é aquela?" Respondia o cliente: "Efe." Corrigia o oculista: "Errou, é um *esse*!" Respondia o cliente: "Eu fei. Eu não dife ifo?"

SÉRGIO
Eu vi a COISA!
Tinha cabeça de prego
cabelo de relógio
testa de ferro
cara-metade
ouvidos de mercador.
Um olho dágua
outro da rua.
Pestana de violão
pupilas do senhor reitor
nariz de cera
boca de siri
vários dentes de alho
e um de coelho.
Língua de trapo
barba-de-milho
e costeletas de porco.
Tinha garganta de montanha
um seio da pátria, outro da sociedade.
Braços de mar,
cotovelos de estrada,
uma mão de obra
outra mão boba.
Palmas de coqueiros
dois dedos de prosa
um do destino,
e unha de fome.
Tinha corpo de delito
tronco de árvore
algumas juntas comerciais

e outras de bois.
Barriga de revisão
umbigo de laranja
cintura de vespa
costas D'África
pernas de mesa
canela em pó
plantas de arquitetura
um pé de moleque
e outro pé de vento.

CLÁUDIO
Dizia o ator: "Eu acho que as atrizes do teatro brasileiro são todas muito másculas". Respondia a atriz: "Bem, alguém tinha que ser".

FERNANDA
E a menininha, achando um monte de latas de leite condensado num recanto do parque, gritou para o pai: "Papai, papai, achei um ninho de vaca!"

SÉRGIO
Confúcio disse: "Quando um técnico vai tratar com imbecis, deve levar um imbecil, como técnico".

CLÁUDIO
Passei hoje por Jacarepaguá e verifiquei que as vacas estão cada vez mais cheias de si. É natural: até hoje ainda não se descobriu nenhum outro animal que dê leite de vaca.

FERNANDA
E pode não ser verdade, mas dizem que quando o demônio chega tarde no inferno, a demônia grita indignada: "E de onde é que você me vem a essa hora com o pelo todo manchado de auréolas?"

SÉRGIO
Do para-choque de um caminhão: "Se o nosso amor virou cinza, foi porque eu mandei brasa".

CLÁUDIO
Muito cuidado, amigo! Às vezes você está discutindo com um imbecil... e ele também.

FERNANDA
Imposto de renda: nunca tantos deveram tanto a tão poucos.

CLÁUDIO
Anatomia é essa coisa que os homens também têm, mas que nas mulheres fica muito melhor.

SÉRGIO
Notícia de jornal: "A Igreja acabou de publicar uma lista de 128 pecados". Estávamos perdendo mais de cem por pura ignorância.

CLÁUDIO
Chama-se de chato um sujeito que tem um uísque numa mão e a nossa lapela na outra. (*Depois da reação do público.*) E enfim, amigos, a vida é assim mesmo

– uns têm graça, outros têm espírito, a maioria tem apenas pedra nos rins.*

(*Nota: – O* riso *deve começar e terminar com frases que resultarem mais engraçadas – Quando acabar o riso, que deve ser feito, naturalmente, com luz clara, uma mudança para luz dramática.*)

---

* Todo o humor usado aqui, como no resto do espetáculo, com exceção de citações e fontes visivelmente populares, é do autor. A COISA, publicada pela primeira vez em *O Cruzeiro*, em 1954, está no livro *Tempo e contratempo*.

O homem:
O seu fim

(*Música.*)

CLÁUDIO
Réquiem para uma deusa do sexo.

FERNANDA
(*Sobre slides, lindos, de Marilyn Monroe.*)
"Agora você está morta, com a mão agarrada ao telefone, o rosto virado para baixo. E vieram os guardas e te puseram as mãos em cima. E mais uma vez errarão todos tentando te interpretar: falarão sobre o telefone, as pílulas, as roupas de baixo, as meias jogadas no chão e não saberão jamais da ânsia de beleza total que foi tua vida, nem que você foi mais pura e delicada de espírito do que toda a realidade em que eles vivem."

FERNANDA
(*Ao vivo.*) – No meio de uma orgia internacional de mau gosto e histeria na qual figura quase uma centena

de suicídios culminando com a manchete do jornal mexicano que dizia: "Marilyn Monroe matou-se por um mexicano", o mundo contemplou, mais sádico e tonto do que compungido, a morte da última deusa do cinema.

CLÁUDIO
O ator *Sir Laurence Oliver:* "Foi uma vítima da propaganda e do sensacionalismo".

SÉRGIO
O diretor *John Huston:* "A moça era viciada em soníferos. A culpa é desses médicos canalhas".

CLÁUDIO
O pastor *Billy Graham:* "Tudo aquilo que ela buscava estava em Cristo".

FERNANDA
Norman Rosten, amigo de Marilyn Monroe, num verso: "Quem colheu teu sangue? Eu, disse o fã, em minha caneca colhi teu sangue".

SÉRGIO
O jornalista *Walter Winchel:* "Junto do caixão, Di Maggio murmurou eu te amo, doze vezes seguidas".

CLÁUDIO
Peter Lawford, cunhado de Kennedy: "Estou chocado. Minha mulher viajou ontem até aqui só para assistir aos funerais e nem fomos convidados".

Dos três homens com quem Marilyn tinha sido casada, *James Dougherty,* o policial que se casou com ela quando tinha 16 anos, disse apenas: "Sinto muito". E voltou à ronda. *Joe di Maggio* levou-a até o túmulo. E *Arthur Miller* declarou à imprensa: "Não vou ao enterro. Ela já não está mais lá".*

(*Música.*)
(*Fotos: Palácio do Catete – Quarto de Getúlio etc.*)

CLÁUDIO
(*Voz gravada.*) – No dia 24 de agosto de 1954 um ancião passeia solitário no quarto pequeno, humilde, desconfortável, em que dormia no Palácio do Catete. Ex-ditador cheio de erros e violências, amável e fascinante no trato pessoal, dominando o país durante 24 anos com sua indiscutível popularidade, ele nesse momento está só e abandonado. Foi apanhado numa terrível encruzilhada da história do país. Os inimigos o acuam. Os mais íntimos o traem. E então, sejam quais sejam suas misérias, defeitos e mesquinharias anteriores, Getúlio Vargas dá um passo e atinge uma dimensão trágica como ser humano.

SÉRGIO
(*Pode ser sobre slide de multidão no enterro de Getúlio, e caras patéticas.*) – As forças e os interesses contra o povo coordenaram-se novamente e se desencadeiam contra mim. Não me acusam, insultam; não me combatem, caluniam, e não me dão o direito de defesa.

---

* Tradução e resumo de uma reportagem da revista americana *Look*.

Tenho lutado mês a mês, dia a dia, hora a hora, resistindo a uma pressão constante, tudo suportando em silêncio, tudo esquecendo, renunciando a mim mesmo, para defender o povo que agora fica desamparado. Nada mais vos posso dar a não ser o meu sangue. Se as aves de rapina querem o sangue de alguém, querem continuar sugando o povo brasileiro, eu ofereço em holocausto a minha vida. Escolho este meio de estar sempre convosco. Quando vos humilharem sentireis em vosso peito a energia para a luta por vós e vossos filhos. Meu sacrifício vos manterá unidos e meu nome será a vossa bandeira de luta. Cada gota de meu sangue será uma chama imortal na vossa consciência e manterá a vibração sagrada para a resistência. Ao ódio, respondo com o perdão. E aos que pensam que me derrotaram respondo com a minha vitória. Era escravo do povo e hoje me liberto para a vida eterna. Mas esse povo de quem fui escravo não será mais escravo de ninguém. Serenamente dou o primeiro passo no caminho da eternidade e saio da vida para entrar na história.*
(*Slides de mortes célebres: Serajevo, Lincoln, Ghandi, o premier japonês, terminar com fotos de Kennedy rindo, depois com Jaqueline ou (e) filhos.*)

CLÁUDIO
(*Sobre imagem devastada de Hiroshima.*)
Macbeth
Amanhã e amanhã, e amanhã,

---
* Trecho da carta deixada por Getúlio Vargas ao se suicidar em 1954.

chegando no passo impressentido de um dia após
   um dia,
até a última sílaba do tempo registrado.
E cada dia de ontem
iluminou, aos tolos que nós somos,
o caminho para o pó da morte.
Apagai-vos, vela tão pequena!
A vida é apenas uma sombra que caminha, um pobre
   ator,
que gagueja e vacila a sua hora sobre o palco
e depois nunca mais se ouve. É uma história contada
   por um idiota, cheia de som e fúria,
significando nada.*
(*Slides de Bertrand Russell.*)

SÉRGIO
Bertrand Russel: "As autoridades mais acreditadas são unânimes em afirmar que uma guerra com bombas de Hidrogênio acabará com a raça humana... Haverá uma morte universal, imediata apenas para uma minoria afortunada. Para a maioria será uma tortura lenta, com doenças, dores e desintegração".

(*Slides de bomba atômica. Som crescente das explosões aumentando com a aproximação da imagem. Entra conjunto musical acompanhando Fernanda.*)

Show Final
Bum, bum, bum, bum,
Bum, bum, bum, bum etc...

---
* *Macbeth*. William Shakespeare. Tradução do autor.

No último dia do mundo
Tenho um encontro com você
No último lugar do mundo
Eu vou procurar você
Onde é que você vai agora?
Por favor não vá embora
Antes de marcar comigo
Um encontro para o fim do mundo

Bum, bum, bum, bum,
Bum, bum, bumbum, bum etc...
Os russos vão mandar
Os americanos pelo ar
E os americanos
vão achar legal
poder gastar, seu estoque total.
Bum, bum, bum, bum, bum, bum,
Bum, bum, bum, bum, bum etc...
Ah, Meu bem, vai ser um amor fatal
Eu e você, nesse show final
Bum, bum, bum, bum, bum, bum, bum,
Bum, bum, bum, bum, bum etc.*

(*Blecaute.*)

FERNANDA

Senhoras e senhores, não se zanguem, por favor!
  Sabemos muito bem que o espetáculo ainda deve ser corrigido.

---

* Música de Dulce Nunes. Letra do autor.

Eram histórias lindas trazidas pela brisa,
mas a brisa parou e ficamos com um fim muito ruim.
Como dependemos da vossa aprovação
desejamos, ai! que nosso trabalho fosse apreciável.
Estamos, como vós, desapontados, e é com consternação
que vemos a cortina fechar sobre tal fim.
Na vossa opinião que devemos fazer?
Mudar o mundo ou a natureza humana?
Acreditar em causas maiores e melhores – ou em cada?
Teremos que encontrar cada um sozinho
ou procuramos juntos?
Não há, irmãos, um fim melhor pra nossa história?
Senhores e senhoras, ajudem-nos a encontrá-lo!
Tem que haver! Tem que haver! Tem que haver!

CLÁUDIO
Mais ou menos assim *Bertolt Brecht* termina sua peça *A boa mulher de Setzuan*. Como o dele, nosso trabalho também estava inconcluso, até que encontramos *A última flor*, do poeta humorista americano *James Thurber*.

O homem: Epílogo

(*Música mais alegre.*)

FERNANDA
A décima segunda guerra mundial, como todos sabem, trouxe o colapso da civilização.
Vilas, aldeias e cidades desapareceram da Terra.
Todos os jardins e todas as florestas foram destruídas.
E todas as obras de arte.
Homens, mulheres e crianças tornaram-se inferiores aos animais mais inferiores. Desanimados e desiludidos, os cães abandonaram os donos decaídos.
Encorajados pela pesarosa condição dos antigos senhores do mundo, os coelhos caíram sobre eles.
Livros, pinturas e música desapareceram da Terra e os seres humanos ficavam sem fazer nada, olhando no vazio. Anos e anos se passaram.
Os poucos sobreviventes militares tinham esquecido o que a última guerra havia decidido.
Os rapazes e as moças apenas se olhavam indiferentemente, pois o amor abandonara a Terra.

Um dia uma jovem, que nunca tinha visto uma flor, encontrou por acaso a última que havia no mundo.

Ela contou aos outros seres humanos que a última flor estava morrendo.

O único que prestou atenção foi um rapaz que ela encontrou andando por ali.

Juntos, os dois alimentaram a flor e ela começou a viver novamente.

Um dia uma abelha visitou a flor. E um colibri.

E logo havia duas flores, e logo quatro, e logo uma porção de flores.

Os jardins e as florestas cresceram novamente.

A moça começou a se interessar pela própria aparência.

O rapaz descobriu que era muito agradável passar a mão na moça.

E o amor renasceu para o mundo.

Os seus filhos cresceram saudáveis e fortes e aprenderam a rir e brincar.

Os cães retornaram do exílio.

Colocando uma pedra em cima de outra pedra, o jovem descobriu como fazer um abrigo.

E imediatamente todos começaram a construir abrigos. Vilas, aldeias e cidades surgiram em toda parte.

E a Canção voltou para o mundo.

Surgiram trovadores e malabaristas

alfaiates e sapateiros

pintores e poetas

escultores e ferreiros

e soldados

e soldados (*em crescendo de imagem*)

e soldados
e soldados
e tenentes e capitães
e coronéis e generais (*em crescendo de tom*)
e líderes!
Algumas pessoas tinham ido viver num lugar, outras em outro. Mas logo as que tinham ido viver na planície desejavam ter ido viver na montanha.
E os que tinham escolhido a montanha preferiam a planície. Os líderes, sob a inspiração de Deus, puseram fogo ao descontentamento.
E assim o mundo estava novamente em guerra.
Desta vez a destruição foi tão completa
Que absolutamente nada restou no mundo.
Exceto um homem
Uma mulher
E uma flor.*

(*Estudar imagens fotográficas no fim com música vibrante e esperançosa. Talvez a mesma flor em plano mais próximo.*)

---

* História, hoje já clássica, de James Thurber. Tradução do autor.

SOBRE O AUTOR

MILLÔR FERNANDES (1923-2012) estreou muito cedo no jornalismo, do qual veio a ser um dos mais combativos exemplos no Brasil. Suas primeiras atividades na imprensa foram em *O Jornal* e nas revistas *O Cruzeiro* e *Pif-Paf*. Estudou no Liceu de Artes e Ofícios do Rio de Janeiro e, já integrado à intelectualidade carioca, trabalhou nos seguintes periódicos: *Diário da Noite*, *Tribuna da Imprensa* e *Correio da Manhã*, sofrendo, diversas vezes, censura e retaliações por seus textos. De 1964 a 1974, escreveu regularmente para *O Diário Popular*, de Portugal. Colaborou também para os periódicos *Correio da Manhã*, *Veja*, *O Pasquim*, *Isto É*, *Jornal do Brasil*, *O Dia*, *Folha de São Paulo*, *Bundas*, *O Estado de São Paulo*, entre outros. Publicou dezenas de livros, entre os quais *A verdadeira história do paraíso*, *Poemas* (**L&PM** POCKET), *Millôr definitivo – A bíblia do caos* (**L&PM** POCKET) e *O livro vermelho dos pensamentos de Millôr* (**L&PM** POCKET). Suas colaborações para o teatro chegam a mais de uma centena de trabalhos, entre peças de sua autoria, como *Flávia, cabeça, tronco e membros* (**L&PM** POCKET), *Liberdade, liberdade* (com Flávio Rangel) (**L&PM** POCKET), *O homem do princípio ao fim* (**L&PM** POCKET), *Um elefante no caos* (**L&PM** POCKET), *A história é uma história*, e adaptações e traduções teatrais, como *Gata em telhado de zinco* *quente*, de Tennessee Williams, *A megera domada*, de Shakespeare (**L**&**PM** POCKET), *Pigmaleão*, de George Bernard Shaw (**L**&**PM** POCKET), e *O jardim das cerejeiras* seguido de *Tio Vânia*, de Anton Tchékhov (**L**&**PM** POCKET).

Coleção L&PM POCKET

425. **Amor e exílio** – Isaac Bashevis Singer
426. **Use & abuse do seu signo** – Marília Fiorillo e Marylou Simonsen
427. **Pigmaleão** – Bernard Shaw
428. **As fenícias** – Eurípides
429. **Everest** – Thomaz Brandolin
430. **A arte de furtar** – Anônimo do séc. XVI
431. **Billy Bud** – Herman Melville
432. **A rosa separada** – Pablo Neruda
433. **Elegia** – Pablo Neruda
434. **A garota de Cassidy** – David Goodis
435. **Como fazer a guerra: máximas de Napoleão** – Balzac
436. **Poemas escolhidos** – Emily Dickinson
437. **Gracias por el fuego** – Mario Benedetti
438. **O sofá** – Crébillon Fils
439. **O "Martín Fierro"** – Jorge Luis Borges
440. **Trabalhos de amor perdidos** – W. Shakespeare
441. **O melhor de Hagar 3** – Dik Browne
442. **Os Maias (volume1)** – Eça de Queiroz
443. **Os Maias (volume2)** – Eça de Queiroz
444. **Anti-Justine** – Restif de La Bretonne
445. **Juventude** – Joseph Conrad
446. **Contos** – Eça de Queiroz
448. **Um amor de Swann** – Proust
449. **À paz perpétua** – Immanuel Kant
450. **A conquista do México** – Hernan Cortez
451. **Defeitos escolhidos e 2000** – Pablo Neruda
452. **O casamento do céu e do inferno** – William Blake
453. **A primeira viagem ao redor do mundo** – Antonio Pigafetta
457. **Sartre** – Annie Cohen-Solal
458. **Discurso do método** – René Descartes
459. **Garfield em grande forma (1)** – Jim Davis
460. **Garfield está de dieta (2)** – Jim Davis
461. **O livro das feras** – Patricia Highsmith
462. **Viajante solitário** – Jack Kerouac
463. **Auto da barca do inferno** – Gil Vicente
464. **O livro vermelho dos pensamentos de Millôr** – Millôr Fernandes
465. **O livro dos abraços** – Eduardo Galeano
466. **Voltaremos!** – José Antonio Pinheiro Machado
467. **Rango** – Edgar Vasques
468(8). **Dieta mediterrânea** – Dr. Fernando Lucchese e José Antonio Pinheiro Machado
469. **Radicci 5** – Iotti
470. **Pequenos pássaros** – Anaïs Nin
471. **Guia prático do Português correto – vol.3** – Cláudio Moreno
472. **Atire no pianista** – David Goodis
473. **Antologia Poética** – García Lorca
474. **Alexandre e César** – Plutarco
475. **Uma espiã na casa do amor** – Anaïs Nin
476. **A gorda do Tiki Bar** – Dalton Trevisan
477. **Garfield um gato de peso (3)** – Jim Davis
478. **Canibais** – David Coimbra
479. **A arte de escrever** – Arthur Schopenhauer
480. **Pinóquio** – Carlo Collodi
481. **Misto-quente** – Bukowski
482. **A lua na sarjeta** – David Goodis
483. **O melhor do Recruta Zero (1)** – Mort Walker
484. **Aline: TPM – tensão pré-monstrual (2)** – Adão Iturrusgarai
485. **Sermões do Padre Antonio Vieira**
486. **Garfield numa boa (4)** – Jim Davis
487. **Mensagem** – Fernando Pessoa
488. **Vendeta** *seguido de* **A paz conjugal** – Balzac
489. **Poemas de Alberto Caeiro** – Fernando Pessoa
490. **Ferragus** – Honoré de Balzac
491. **A duquesa de Langeais** – Honoré de Balzac
492. **A menina dos olhos de ouro** – Honoré de Balzac
493. **O lírio do vale** – Honoré de Balzac
497. **A noite das bruxas** – Agatha Christie
498. **Um passe de mágica** – Agatha Christie
499. **Nêmesis** – Agatha Christie
500. **Esboço para uma teoria das emoções** – Sartre
501. **Renda básica de cidadania** – Eduardo Suplicy
502(1). **Pílulas para viver melhor** – Dr. Lucchese
503(2). **Pílulas para prolongar a juventude** – Dr. Lucchese
504(3). **Desembarcando o diabetes** – Dr. Lucchese
505(4). **Desembarcando o sedentarismo** – Dr. Fernando Lucchese e Cláudio Castro
506(5). **Desembarcando a hipertensão** – Dr. Lucchese
507(6). **Desembarcando o colesterol** – Dr. Fernando Lucchese e Fernanda Lucchese
508. **Estudos de mulher** – Balzac
509. **O terceiro tira** – Flann O'Brien
510. **100 receitas de aves e ovos** – J. A. P. Machado
511. **Garfield em toneladas de diversão (5)** – Jim Davis
512. **Trem-bala** – Martha Medeiros
513. **Os cães ladram** – Truman Capote
514. **O Kama Sutra de Vatsyayana**
515. **O crime do Padre Amaro** – Eça de Queiroz
516. **Odes de Ricardo Reis** – Fernando Pessoa
517. **O inverno da nossa desesperança** – Steinbeck
518. **Piratas do Tietê (1)** – Laerte
519. **Rê Bordosa: do começo ao fim** – Angeli
520. **O Harlem é escuro** – Chester Himes
522. **Eugénie Grandet** – Balzac
523. **O último magnata** – F. Scott Fitzgerald
524. **Carol** – Patricia Highsmith
525. **100 receitas de patisseria** – Sílvio Lancellotti
527. **Tristessa** – Jack Kerouac
528. **O diamante do tamanho do Ritz** – F. Scott Fitzgerald
529. **As melhores histórias de Sherlock Holmes** – Arthur Conan Doyle

530. **Cartas a um jovem poeta** – Rilke
532. **O misterioso sr. Quin** – Agatha Christie
533. **Os analectos** – Confúcio
536. **Ascensão e queda de César Birotteau** – Balzac
537. **Sexta-feira negra** – David Goodis
538. **Ora bolas – O humor de Mario Quintana** – Juarez Fonseca
539. **Longe daqui aqui mesmo** – Antonio Bivar
540. **É fácil matar** – Agatha Christie
541. **O pai Goriot** – Balzac
542. **Brasil, um país do futuro** – Stefan Zweig
543. **O processo** – Kafka
544. **O melhor de Hagar 4** – Dik Browne
545. **Por que não pediram a Evans?** – Agatha Christie
546. **Fanny Hill** – John Cleland
547. **O gato por dentro** – William S. Burroughs
548. **Sobre a brevidade da vida** – Sêneca
549. **Geraldão (1)** – Glauco
550. **Piratas do Tietê (2)** – Laerte
551. **Pagando o pato** – Ciça
552. **Garfield de bom humor (6)** – Jim Davis
553. **Conhece o Mário?** vol.1 – Santiago
554. **Radicci 6** – Iotti
555. **Os subterrâneos** – Jack Kerouac
556(1). **Balzac** – François Taillandier
557(2). **Modigliani** – Christian Parisot
558(3). **Kafka** – Gérard-Georges Lemaire
559(4). **Júlio César** – Joël Schmidt
560. **Receitas da família** – J. A. Pinheiro Machado
561. **Boas maneiras à mesa** – Celia Ribeiro
562(9). **Filhos sadios, pais felizes** – R. Pagnoncelli
563(10). **Fatos & mitos** – Dr. Fernando Lucchese
564. **Ménage à trois** – Paula Taitelbaum
565. **Mulheres!** – David Coimbra
566. **Poemas de Álvaro de Campos** – Fernando Pessoa
567. **Medo e outras histórias** – Stefan Zweig
568. **Snoopy e sua turma (1)** – Schulz
569. **Piadas para sempre (1)** – Visconde da Casa Verde
570. **O alvo móvel** – Ross Macdonald
571. **O melhor do Recruta Zero (2)** – Mort Walker
572. **Um sonho americano** – Norman Mailer
573. **Os broncos também amam** – Angeli
574. **Crônica de um amor louco** – Bukowski
575(5). **Freud** – René Major e Chantal Talagrand
576(6). **Picasso** – Gilles Plazy
577(7). **Gandhi** – Christine Jordis
578. **A tumba** – H. P. Lovecraft
579. **O príncipe e o mendigo** – Mark Twain
580. **Garfield, um charme de gato (7)** – Jim Davis
581. **Ilusões perdidas** – Balzac
582. **Esplendores e misérias das cortesãs** – Balzac
583. **Walter Ego** – Angeli
584. **Striptiras (1)** – Laerte
585. **Fagundes: um puxa-saco de mão cheia** – Laerte
586. **Depois do último trem** – Josué Guimarães
587. **Ricardo III** – Shakespeare
588. **Dona Anja** – Josué Guimarães
589. **24 horas na vida de uma mulher** – Stefan Zweig
591. **Mulher no escuro** – Dashiell Hammett
592. **No que acredito** – Bertrand Russell
593. **Odisseia (1): Telemaquia** – Homero
594. **O cavalo cego** – Josué Guimarães
595. **Henrique V** – Shakespeare
596. **Fabulário geral do delírio cotidiano** – Bukowski
597. **Tiros na noite 1: A mulher do bandido** – Dashiell Hammett
598. **Snoopy em Feliz Dia dos Namorados! (2)** – Schulz
600. **Crime e castigo** – Dostoiévski
601. **Mistério no Caribe** – Agatha Christie
602. **Odisseia (2): Regresso** – Homero
603. **Piadas para sempre (2)** – Visconde da Casa Verde
604. **À sombra do vulcão** – Malcolm Lowry
605(8). **Kerouac** – Yves Buin
606. **E agora são cinzas** – Angeli
607. **As mil e uma noites** – Paulo Caruso
608. **Um assassino entre nós** – Ruth Rendell
609. **Crack-up** – F. Scott Fitzgerald
610. **Do amor** – Stendhal
611. **Cartas do Yage** – William Burroughs e Allen Ginsberg
612. **Striptiras (2)** – Laerte
613. **Henry & June** – Anaïs Nin
614. **A piscina mortal** – Ross Macdonald
615. **Geraldão (2)** – Glauco
616. **Tempo de delicadeza** – A. R. de Sant'Anna
617. **Tiros na noite 2: Medo de tiro** – Dashiell Hammett
618. **Snoopy em Assim é a vida, Charlie Brown! (3)** – Schulz
619. **1954 – Um tiro no coração** – Hélio Silva
620. **Sobre a inspiração poética (Íon) e ...** – Platão
621. **Garfield e seus amigos (8)** – Jim Davis
622. **Odisseia (3): Ítaca** – Homero
623. **A louca matança** – Chester Himes
624. **Factótum** – Bukowski
625. **Guerra e Paz: volume 1** – Tolstói
626. **Guerra e Paz: volume 2** – Tolstói
627. **Guerra e Paz: volume 3** – Tolstói
628. **Guerra e Paz: volume 4** – Tolstói
629(9). **Shakespeare** – Claude Mourthé
630. **Bem está o que bem acaba** – Shakespeare
631. **O contrato social** – Rousseau
632. **Geração Beat** – Jack Kerouac
633. **Snoopy: É Natal! (4)** – Charles Schulz
634. **Testemunha da acusação** – Agatha Christie
635. **Um elefante no caos** – Millôr Fernandes
636. **Guia de leitura (100 autores que você precisa ler)** – Organização de Léa Masina

637. **Pistoleiros também mandam flores** – David Coimbra
638. **O prazer das palavras** – vol. 1 – Cláudio Moreno
639. **O prazer das palavras** – vol. 2 – Cláudio Moreno
640. **Novíssimo testamento: com Deus e o diabo, a dupla da criação** – Iotti
641. **Literatura Brasileira: modos de usar** – Luís Augusto Fischer
642. **Dicionário de Porto-Alegrês** – Luís A. Fischer
643. **Clô Dias & Noites** – Sérgio Jockymann
644. **Memorial de Isla Negra** – Pablo Neruda
645. **Um homem extraordinário e outras histórias** – Tchékhov
646. **Ana sem terra** – Alcy Cheuiche
647. **Adultérios** – Woody Allen
651. **Snoopy: Posso fazer uma pergunta, professora? (5)** – Charles Schulz
652(10).**Luís XVI** – Bernard Vincent
653. **O mercador de Veneza** – Shakespeare
654. **Cancioneiro** – Fernando Pessoa
655. **Non-Stop** – Martha Medeiros
656. **Carpinteiros, levantem bem alto a cumeeira & Seymour, uma apresentação** – J.D.Salinger
657. **Ensaios céticos** – Bertrand Russell
658. **O melhor de Hagar 5** – Dik e Chris Browne
659. **Primeiro amor** – Ivan Turguêniev
660. **A trégua** – Mario Benedetti
661. **Um parque de diversões da cabeça** – Lawrence Ferlinghetti
662. **Aprendendo a viver** – Sêneca
663. **Garfield, um gato em apuros (9)** – Jim Davis
664. **Dilbert (1)** – Scott Adams
666. **A imaginação** – Jean-Paul Sartre
667. **O ladrão e os cães** – Naguib Mahfuz
668. **A volta do parafuso** *seguido de* **Daisy Miller** – Henry James
670. **Notas do subsolo** – Dostoiévski
671. **Abobrinhas da Brasilônia** – Glauco
672. **Geraldão (3)** – Glauco
673. **Piadas para sempre (3)** – Visconde da Casa Verde
674. **Duas viagens ao Brasil** – Hans Staden
676. **A arte da guerra** – Maquiavel
677. **Além do bem e do mal** – Nietzsche
678. **O coronel Chabert** *seguido de* **A mulher abandonada** – Balzac
679. **O sorriso de marfim** – Ross Macdonald
680. **100 receitas de pescados** – Sílvio Lancellotti
681. **O juiz e seu carrasco** – Friedrich Dürrenmatt
682. **Noites brancas** – Dostoiévski
683. **Quadras ao gosto popular** – Fernando Pessoa
685. **Kaos** – Millôr Fernandes
686. **A pele de onagro** – Balzac
687. **As ligações perigosas** – Choderlos de Laclos
689. **Os Lusíadas** – Luís Vaz de Camões
690(11).**Átila** – Eric Deschodt
691. **Um jeito tranquilo de matar** – Chester Himes
692. **A felicidade conjugal** *seguido de* **O diabo** – Tolstói
693. **Viagem de um naturalista ao redor do mundo** – vol. 1 – Charles Darwin
694. **Viagem de um naturalista ao redor do mundo** – vol. 2 – Charles Darwin
695. **Memórias da casa dos mortos** – Dostoiévski
696. **A Celestina** – Fernando de Rojas
697. **Snoopy: Como você é azarado, Charlie Brown! (6)** – Charles Schulz
698. **Dez (quase) amores** – Claudia Tajes
699. **Poirot sempre espera** – Agatha Christie
701. **Apologia de Sócrates** *precedido de* **Êutifron e** *seguido de* **Críton** – Platão
702. **Wood & Stock** – Angeli
703. **Striptiras (3)** – Laerte
704. **Discurso sobre a origem e os fundamentos da desigualdade entre os homens** – Rousseau
705. **Os duelistas** – Joseph Conrad
706. **Dilbert (2)** – Scott Adams
707. **Viver e escrever** (vol. 1) – Edla van Steen
708. **Viver e escrever** (vol. 2) – Edla van Steen
709. **Viver e escrever** (vol. 3) – Edla van Steen
710. **A teia da aranha** – Agatha Christie
711. **O banquete** – Platão
712. **Os belos e malditos** – F. Scott Fitzgerald
713. **Libelo contra a arte moderna** – Salvador Dalí
714. **Akropolis** – Valerio Massimo Manfredi
715. **Devoradores de mortos** – Michael Crichton
716. **Sob o sol da Toscana** – Frances Mayes
717. **Batom na cueca** – Nani
718. **Vida dura** – Claudia Tajes
719. **Carne trêmula** – Ruth Rendell
720. **Cris, a fera** – David Coimbra
721. **O anticristo** – Nietzsche
722. **Como um romance** – Daniel Pennac
723. **Emboscada no Forte Bragg** – Tom Wolfe
724. **Assédio sexual** – Michael Crichton
725. **O espírito do Zen** – Alan W.Watts
726. **Um bonde chamado desejo** – Tennessee Williams
727. **Como gostais** *seguido de* **Conto de inverno** – Shakespeare
728. **Tratado sobre a tolerância** – Voltaire
729. **Snoopy: Doces ou travessuras? (7)** – Charles Schulz
730. **Cardápios do Anonymus Gourmet** – J.A. Pinheiro Machado
731. **100 receitas com lata** – J.A. Pinheiro Machado
732. **Conhece o Mário?** vol.2 – Santiago
733. **Dilbert (3)** – Scott Adams
734. **História de um louco amor** *seguido de* **Passado amor** – Horacio Quiroga
735(11).**Sexo: muito prazer** – Laura Meyer da Silva
736(12).**Para entender o adolescente** – Dr. Ronald Pagnoncelli
737(13).**Desembarcando a tristeza** – Dr. Fernando Lucchese
738. **Poirot e o mistério da arca espanhola & outras histórias** – Agatha Christie
739. **A última legião** – Valerio Massimo Manfredi
741. **Sol nascente** – Michael Crichton

742. **Duzentos ladrões** – Dalton Trevisan
743. **Os devaneios do caminhante solitário** – Rousseau
744. **Garfield, o rei da preguiça (10)** – Jim Davis
745. **Os magnatas** – Charles R. Morris
746. **Pulp** – Charles Bukowski
747. **Enquanto agonizo** – William Faulkner
748. **Aline: viciada em sexo (3)** – Adão Iturrusgarai
749. **A dama do cachorrinho** – Anton Tchékhov
750. **Tito Andrônico** – Shakespeare
751. **Antologia poética** – Anna Akhmátova
752. **O melhor de Hagar 6** – Dik e Chris Browne
753(12). **Michelangelo** – Nadine Sautel
754. **Dilbert (4)** – Scott Adams
755. **O jardim das cerejeiras** *seguido de* **Tio Vânia** – Tchékhov
756. **Geração Beat** – Claudio Willer
757. **Santos Dumont** – Alcy Cheuiche
758. **Budismo** – Claude B. Levenson
759. **Cleópatra** – Christian-Georges Schwentzel
760. **Revolução Francesa** – Frédéric Bluche, Stéphane Rials e Jean Tulard
761. **A crise de 1929** – Bernard Gazier
762. **Sigmund Freud** – Edson Sousa e Paulo Endo
763. **Império Romano** – Patrick Le Roux
764. **Cruzadas** – Cécile Morrisson
765. **O mistério do Trem Azul** – Agatha Christie
768. **Senso comum** – Thomas Paine
769. **O parque dos dinossauros** – Michael Crichton
770. **Trilogia da paixão** – Goethe
773. **Snoopy: No mundo da lua! (8)** – Charles Schulz
774. **Os Quatro Grandes** – Agatha Christie
775. **Um brinde de cianureto** – Agatha Christie
776. **Súplicas atendidas** – Truman Capote
779. **A viúva imortal** – Millôr Fernandes
780. **Cabala** – Roland Goetschel
781. **Capitalismo** – Claude Jessua
782. **Mitologia grega** – Pierre Grimal
783. **Economia: 100 palavras-chave** – Jean-Paul Betbèze
784. **Marxismo** – Henri Lefebvre
785. **Punição para a inocência** – Agatha Christie
786. **A extravagância do morto** – Agatha Christie
787(13). **Cézanne** – Bernard Fauconnier
788. **A identidade Bourne** – Robert Ludlum
789. **Da tranquilidade da alma** – Sêneca
790. **Um artista da fome** *seguido de* **Na colônia penal e outras histórias** – Kafka
791. **Histórias de fantasmas** – Charles Dickens
796. **O Uraguai** – Basílio da Gama
797. **A mão misteriosa** – Agatha Christie
798. **Testemunha ocular do crime** – Agatha Christie
799. **Crepúsculo dos ídolos** – Friedrich Nietzsche
802. **O grande golpe** – Dashiell Hammett
803. **Humor barra pesada** – Nani
804. **Vinho** – Jean-François Gautier
805. **Egito Antigo** – Sophie Desplancques
806(14). **Baudelaire** – Jean-Baptiste Baronian
807. **Caminho da sabedoria, caminho da paz** – Dalai Lama e Felizitas von Schönborn
808. **Senhor e servo e outras histórias** – Tolstói
809. **Os cadernos de Malte Laurids Brigge** – Rilke
810. **Dilbert (5)** – Scott Adams
811. **Big Sur** – Jack Kerouac
812. **Seguindo a correnteza** – Agatha Christie
813. **O álibi** – Sandra Brown
814. **Montanha-russa** – Martha Medeiros
815. **Coisas da vida** – Martha Medeiros
816. **A cantada infalível** *seguido de* **A mulher do centroavante** – David Coimbra
819. **Snoopy: Pausa para a soneca (9)** – Charles Schulz
820. **De pernas pro ar** – Eduardo Galeano
821. **Tragédias gregas** – Pascal Thiercy
822. **Existencialismo** – Jacques Colette
823. **Nietzsche** – Jean Granier
824. **Amar ou depender?** – Walter Riso
825. **Darmapada: A doutrina budista em versos**
826. **J'Accuse...!** – **a verdade em marcha** – Zola
827. **Os crimes ABC** – Agatha Christie
828. **Um gato entre os pombos** – Agatha Christie
831. **Dicionário de teatro** – Luiz Paulo Vasconcellos
832. **Cartas extraviadas** – Martha Medeiros
833. **A longa viagem de prazer** – J. J. Morosoli
834. **Receitas fáceis** – J. A. Pinheiro Machado
835(14). **Mais fatos & mitos** – Dr. Fernando Lucchese
836(15). **Boa viagem!** – Dr. Fernando Lucchese
837. **Aline: Finalmente nua!!! (4)** – Adão Iturrusgarai
838. **Mônica tem uma novidade!** – Mauricio de Sousa
839. **Cebolinha em apuros!** – Mauricio de Sousa
840. **Sócios no crime** – Agatha Christie
841. **Bocas do tempo** – Eduardo Galeano
842. **Orgulho e preconceito** – Jane Austen
843. **Impressionismo** – Dominique Lobstein
844. **Escrita chinesa** – Viviane Alleton
845. **Paris: uma história** – Yvan Combeau
846(15). **Van Gogh** – David Haziot
848. **Portal do destino** – Agatha Christie
849. **O futuro de uma ilusão** – Freud
850. **O mal-estar na cultura** – Freud
853. **Um crime adormecido** – Agatha Christie
854. **Satori em Paris** – Jack Kerouac
855. **Medo e delírio em Las Vegas** – Hunter Thompson
856. **Um negócio fracassado e outros contos de humor** – Tchékhov
857. **Mônica está de férias!** – Mauricio de Sousa
858. **De quem é esse coelho?** – Mauricio de Sousa
860. **O mistério Sittaford** – Agatha Christie
861. **Manhã transfigurada** – L. A. de Assis Brasil
862. **Alexandre, o Grande** – Pierre Briant
863. **Jesus** – Charles Perrot
864. **Islã** – Paul Balta
865. **Guerra da Secessão** – Farid Ameur
866. **Um rio que vem da Grécia** – Cláudio Moreno
868. **Assassinato na casa do pastor** – Agatha Christie
869. **Manual do líder** – Napoleão Bonaparte
870(16). **Billie Holiday** – Sylvia Fol

871. **Bidu arrasando!** – Mauricio de Sousa
872. **Os Sousa: Desventuras em família** – Mauricio de Sousa
874. **E no final a morte** – Agatha Christie
875. **Guia prático do Português correto – vol. 4** – Cláudio Moreno
876. **Dilbert (6)** – Scott Adams
877(17). **Leonardo da Vinci** – Sophie Chauveau
878. **Bella Toscana** – Frances Mayes
879. **A arte da ficção** – David Lodge
880. **Striptiras (4)** – Laerte
881. **Skrotinhos** – Angeli
882. **Depois do funeral** – Agatha Christie
883. **Radicci 7** – Iotti
884. **Walden** – H. D. Thoreau
885. **Lincoln** – Allen C. Guelzo
886. **Primeira Guerra Mundial** – Michael Howard
887. **A linha de sombra** – Joseph Conrad
888. **O amor é um cão dos diabos** – Bukowski
890. **Despertar: uma vida de Buda** – Jack Kerouac
891(18). **Albert Einstein** – Laurent Seksik
892. **Hell's Angels** – Hunter Thompson
893. **Ausência na primavera** – Agatha Christie
894. **Dilbert (7)** – Scott Adams
895. **Ao sul de lugar nenhum** – Bukowski
896. **Maquiavel** – Quentin Skinner
897. **Sócrates** – C.C.W. Taylor
899. **O Natal de Poirot** – Agatha Christie
900. **As veias abertas da América Latina** – Eduardo Galeano
901. **Snoopy: Sempre alerta! (10)** – Charles Schulz
902. **Chico Bento: Plantando confusão** – Mauricio de Sousa
903. **Penadinho: Quem é morto sempre aparece** – Mauricio de Sousa
904. **A vida sexual da mulher feia** – Claudia Tajes
905. **100 segredos de liquidificador** – José Antonio Pinheiro Machado
906. **Sexo muito prazer 2** – Laura Meyer da Silva
907. **Os nascimentos** – Eduardo Galeano
908. **As caras e as máscaras** – Eduardo Galeano
909. **O século do vento** – Eduardo Galeano
910. **Poirot perde uma cliente** – Agatha Christie
911. **Cérebro** – Michael O'Shea
912. **O escaravelho de ouro e outras histórias** – Edgar Allan Poe
913. **Piadas para sempre (4)** – Visconde da Casa Verde
914. **100 receitas de massas light** – Helena Tonetto
915(19). **Oscar Wilde** – Daniel Salvatore Schiffer
916. **Uma breve história do mundo** – H. G. Wells
917. **A Casa do Penhasco** – Agatha Christie
919. **John M. Keynes** – Bernard Gazier
920(20). **Virginia Woolf** – Alexandra Lemasson
921. **Peter e Wendy** *seguido de* **Peter Pan em Kensington Gardens** – J. M. Barrie
922. **Aline: numas de colegial (5)** – Adão Iturrusgarai
923. **Uma dose mortal** – Agatha Christie
924. **Os trabalhos de Hércules** – Agatha Christie
926. **Kant** – Roger Scruton
927. **A inocência do Padre Brown** – G.K. Chesterton
928. **Casa Velha** – Machado de Assis
929. **Marcas de nascença** – Nancy Huston
930. **Aulete de bolso**
931. **Hora Zero** – Agatha Christie
932. **Morte na Mesopotâmia** – Agatha Christie
934. **Nem te conto, João** – Dalton Trevisan
935. **As aventuras de Huckleberry Finn** – Mark Twain
936(21). **Marilyn Monroe** – Anne Plantagenet
937. **China moderna** – Rana Mitter
938. **Dinossauros** – David Norman
939. **Louca por homem** – Claudia Tajes
940. **Amores de alto risco** – Walter Riso
941. **Jogo de damas** – David Coimbra
942. **Filha é filha** – Agatha Christie
943. **M ou N?** – Agatha Christie
945. **Bidu: diversão em dobro!** – Mauricio de Sousa
946. **Fogo** – Anaïs Nin
947. **Rum: diário de um jornalista bêbado** – Hunter Thompson
948. **Persuasão** – Jane Austen
949. **Lágrimas na chuva** – Sergio Faraco
950. **Mulheres** – Bukowski
951. **Um pressentimento funesto** – Agatha Christie
952. **Cartas na mesa** – Agatha Christie
954. **O lobo do mar** – Jack London
955. **Os gatos** – Patricia Highsmith
956(22). **Jesus** – Christiane Rancé
957. **História da medicina** – William Bynum
958. **O Morro dos Ventos Uivantes** – Emily Brontë
959. **A filosofia na era trágica dos gregos** – Nietzsche
960. **Os treze problemas** – Agatha Christie
961. **A massagista japonesa** – Moacyr Scliar
963. **Humor do miserê** – Nani
964. **Todo o mundo tem dúvida, inclusive você** – Édison de Oliveira
965. **A dama do Bar Nevada** – Sergio Faraco
969. **O psicopata americano** – Bret Easton Ellis
970. **Ensaios de amor** – Alain de Botton
971. **O grande Gatsby** – F. Scott Fitzgerald
972. **Por que não sou cristão** – Bertrand Russell
973. **A Casa Torta** – Agatha Christie
974. **Encontro com a morte** – Agatha Christie
975(23). **Rimbaud** – Jean-Baptiste Baronian
976. **Cartas na rua** – Bukowski
977. **Memória** – Jonathan K. Foster
978. **A abadia de Northanger** – Jane Austen
979. **As pernas de Úrsula** – Claudia Tajes
980. **Retrato inacabado** – Agatha Christie
981. **Solanin (1)** – Inio Asano
982. **Solanin (2)** – Inio Asano
983. **Aventuras de menino** – Mitsuru Adachi
984(16). **Fatos & mitos sobre sua alimentação** – Dr. Fernando Lucchese
985. **Teoria quântica** – John Polkinghorne
986. **O eterno marido** – Fiódor Dostoiévski

987. **Um safado em Dublin** – J. P. Donleavy
988. **Mirinha** – Dalton Trevisan
989. **Akhenaton e Nefertiti** – Carmen Seganfredo e A. S. Franchini
990. **On the Road – o manuscrito original** – Jack Kerouac
991. **Relatividade** – Russell Stannard
992. **Abaixo de zero** – Bret Easton Ellis
993(24). **Andy Warhol** – Mériam Korichi
995. **Os últimos casos de Miss Marple** – Agatha Christie
996. **Nico Demo: Aí vem encrenca** – Mauricio de Sousa
998. **Rousseau** – Robert Wokler
999. **Noite sem fim** – Agatha Christie
1000. **Diários de Andy Warhol (1)** – Editado por Pat Hackett
1001. **Diários de Andy Warhol (2)** – Editado por Pat Hackett
1002. **Cartier-Bresson: o olhar do século** – Pierre Assouline
1003. **As melhores histórias da mitologia: vol. 1** – A.S. Franchini e Carmen Seganfredo
1004. **As melhores histórias da mitologia: vol. 2** – A.S. Franchini e Carmen Seganfredo
1005. **Assassinato no beco** – Agatha Christie
1006. **Convite para um homicídio** – Agatha Christie
1008. **História da vida** – Michael J. Benton
1009. **Jung** – Anthony Stevens
1010. **Arsène Lupin, ladrão de casaca** – Maurice Leblanc
1011. **Dublinenses** – James Joyce
1012. **120 tirinhas da Turma da Mônica** – Mauricio de Sousa
1013. **Antologia poética** – Fernando Pessoa
1014. **A aventura de um cliente ilustre** seguido de **O último adeus de Sherlock Holmes** – Sir Arthur Conan Doyle
1015. **Cenas de Nova York** – Jack Kerouac
1016. **A corista** – Anton Tchékhov
1017. **O diabo** – Leon Tolstói
1018. **Fábulas chinesas** – Sérgio Capparelli e Márcia Schmaltz
1019. **O gato do Brasil** – Sir Arthur Conan Doyle
1020. **Missa do Galo** – Machado de Assis
1021. **O mistério de Marie Rogêt** – Edgar Allan Poe
1022. **A mulher mais linda da cidade** – Bukowski
1023. **O retrato** – Nicolai Gogol
1024. **O conflito** – Agatha Christie
1025. **Os primeiros casos de Poirot** – Agatha Christie
1027(25). **Beethoven** – Bernard Fauconnier
1028. **Platão** – Julia Annas
1029. **Cleo e Daniel** – Roberto Freire
1030. **Til** – José de Alencar
1031. **Viagens na minha terra** – Almeida Garrett
1032. **Profissões para mulheres e outros artigos feministas** – Virginia Woolf
1033. **Mrs. Dalloway** – Virginia Woolf
1034. **O cão da morte** – Agatha Christie
1035. **Tragédia em três atos** – Agatha Christie
1037. **O fantasma da Ópera** – Gaston Leroux
1038. **Evolução** – Brian e Deborah Charlesworth
1039. **Medida por medida** – Shakespeare
1040. **Razão e sentimento** – Jane Austen
1041. **A obra-prima ignorada** seguido de **Um episódio durante o Terror** – Balzac
1042. **A fugitiva** – Anaïs Nin
1043. **As grandes histórias da mitologia greco-romana** – A. S. Franchini
1044. **O corno de si mesmo & outras historietas** – Marquês de Sade
1045. **Da felicidade** seguido de **Da vida retirada** – Sêneca
1046. **O horror em Red Hook e outras histórias** – H. P. Lovecraft
1047. **Noite em claro** – Martha Medeiros
1048. **Poemas clássicos chineses** – Li Bai, Du Fu e Wang Wei
1049. **A terceira moça** – Agatha Christie
1050. **Um destino ignorado** – Agatha Christie
1051(26). **Buda** – Sophie Royer
1052. **Guerra Fria** – Robert J. McMahon
1053. **Simons's Cat: as aventuras de um gato travesso e comilão – vol. 1** – Simon Tofield
1054. **Simons's Cat: as aventuras de um gato travesso e comilão – vol. 2** – Simon Tofield
1055. **Só as mulheres e as baratas sobreviverão** – Claudia Tajes
1057. **Pré-história** – Chris Gosden
1058. **Pintou sujeira!** – Mauricio de Sousa
1059. **Contos de Mamãe Gansa** – Charles Perrault
1060. **A interpretação dos sonhos: vol. 1** – Freud
1061. **A interpretação dos sonhos: vol. 2** – Freud
1062. **Frufru Rataplã Dolores** – Dalton Trevisan
1063. **As melhores histórias da mitologia egípcia** – Carmem Seganfredo e A.S. Franchini
1064. **Infância. Adolescência. Juventude** – Tolstói
1065. **As consolações da filosofia** – Alain de Botton
1066. **Diários de Jack Kerouac – 1947-1954**
1067. **Revolução Francesa – vol. 1** – Max Gallo
1068. **Revolução Francesa – vol. 2** – Max Gallo
1069. **O detetive Parker Pyne** – Agatha Christie
1070. **Memórias do esquecimento** – Flávio Tavares
1071. **Drogas** – Leslie Iversen
1072. **Manual de ecologia (vol.2)** – J. Lutzenberger
1073. **Como andar no labirinto** – Affonso Romano de Sant'Anna
1074. **A orquídea e o serial killer** – Juremir Machado da Silva
1075. **Amor nos tempos de fúria** – Lawrence Ferlinghetti
1076. **A aventura do pudim de Natal** – Agatha Christie
1078. **Amores que matam** – Patricia Faur
1079. **Histórias de pescador** – Mauricio de Sousa
1080. **Pedaços de um caderno manchado de vinho** – Bukowski
1081. **A ferro e fogo: tempo de solidão (vol.1)** – Josué Guimarães

1082. A ferro e fogo: tempo de guerra (vol.2) – Josué Guimarães
1084(17). Desembarcando o Alzheimer – Dr. Fernando Lucchese e Dra. Ana Hartmann
1085. A maldição do espelho – Agatha Christie
1086. Uma breve história da filosofia – Nigel Warburton
1088. Heróis da História – Will Durant
1089. Concerto campestre – L. A. de Assis Brasil
1090. Morte nas nuvens – Agatha Christie
1092. Aventura em Bagdá – Agatha Christie
1093. O cavalo amarelo – Agatha Christie
1094. O método de interpretação dos sonhos – Freud
1095. Sonetos de amor e desamor – Vários
1096. 120 tirinhas do Dilbert – Scott Adams
1097. 200 fábulas de Esopo
1098. O curioso caso de Benjamin Button – F. Scott Fitzgerald
1099. Piadas para sempre: uma antologia para morrer de rir – Visconde da Casa Verde
1100. Hamlet (Mangá) – Shakespeare
1101. A arte da guerra (Mangá) – Sun Tzu
1104. As melhores histórias da Bíblia (vol.1) – A. S. Franchini e Carmen Seganfredo
1105. As melhores histórias da Bíblia (vol.2) – A. S. Franchini e Carmen Seganfredo
1106. Psicologia das massas e análise do eu – Freud
1107. Guerra Civil Espanhola – Helen Graham
1108. A autoestrada do sul e outras histórias – Julio Cortázar
1109. O mistério dos sete relógios – Agatha Christie
1110. Peanuts: Ninguém gosta de mim... (amor) – Charles Schulz
1111. Cadê o bolo? – Mauricio de Sousa
1112. O filósofo ignorante – Voltaire
1113. Totem e tabu – Freud
1114. Filosofia pré-socrática – Catherine Osborne
1115. Desejo de status – Alain de Botton
1118. Passageiro para Frankfurt – Agatha Christie
1120. Kill All Enemies – Melvin Burgess
1121. A morte da sra. McGinty – Agatha Christie
1122. Revolução Russa – S. A. Smith
1123. Até você, Capitu? – Dalton Trevisan
1124. O grande Gatsby (Mangá) – F. S. Fitzgerald
1125. Assim falou Zaratustra (Mangá) – Nietzsche
1126. Peanuts: É para isso que servem os amigos (amizade) – Charles Schulz
1127(27). Nietzsche – Dorian Astor
1128. Bidu: Hora do banho – Mauricio de Sousa
1129. O melhor do Macanudo Taurino – Santiago
1130. Radicci 30 anos – Iotti
1131. Show de sabores – J.A. Pinheiro Machado
1132. O prazer das palavras – vol. 3 – Cláudio Moreno
1133. Morte na praia – Agatha Christie
1134. O fardo – Agatha Christie
1135. Manifesto do Partido Comunista (Mangá) – Marx & Engels
1136. A metamorfose (Mangá) – Franz Kafka
1137. Por que você não se casou... ainda – Tracy McMillan
1138. Textos autobiográficos – Bukowski
1139. A importância de ser prudente – Oscar Wilde
1140. Sobre a vontade na natureza – Arthur Schopenhauer
1141. Dilbert (8) – Scott Adams
1142. Entre dois amores – Agatha Christie
1143. Cipreste triste – Agatha Christie
1144. Alguém viu uma assombração? – Mauricio de Sousa
1145. Mandela – Elleke Boehmer
1146. Retrato do artista quando jovem – James Joyce
1147. Zadig ou o destino – Voltaire
1148. O contrato social (Mangá) – J.-J. Rousseau
1149. Garfield fenomenal – Jim Davis
1150. A queda da América – Allen Ginsberg
1151. Música na noite & outros ensaios – Aldous Huxley
1152. Poesias inéditas & Poemas dramáticos – Fernando Pessoa
1153. Peanuts: Felicidade é... – Charles M. Schulz
1154. Mate-me por favor – Legs McNeil e Gillian McCain
1155. Assassinato no Expresso Oriente – Agatha Christie
1156. Um punhado de centeio – Agatha Christie
1157. A interpretação dos sonhos (Mangá) – Freud
1158. Peanuts: Você não entende o sentido da vida – Charles M. Schulz
1159. A dinastia Rothschild – Herbert R. Lottman
1160. A Mansão Hollow – Agatha Christie
1161. Nas montanhas da loucura – H.P. Lovecraft
1162(28). Napoleão Bonaparte – Pascale Fautrier
1163. Um corpo na biblioteca – Agatha Christie
1164. Inovação – Mark Dodgson e David Gann
1165. O que toda mulher deve saber sobre os homens: a afetividade masculina – Walter Riso
1166. O amor está no ar – Mauricio de Sousa
1167. Testemunha de acusação & outras histórias – Agatha Christie
1168. Etiqueta de bolso – Celia Ribeiro
1169. Poesia reunida (volume 3) – Affonso Romano de Sant'Anna
1170. Emma – Jane Austen
1171. Que seja em segredo – Ana Miranda
1172. Garfield sem apetite – Jim Davis
1173. Garfield: Foi mal... – Jim Davis
1174. Os irmãos Karamázov (Mangá) – Dostoiévski
1175. O Pequeno Príncipe – Antoine de Saint-Exupéry
1176. Peanuts: Ninguém mais tem o espírito aventureiro – Charles M. Schulz
1177. Assim falou Zaratustra – Nietzsche
1178. Morte no Nilo – Agatha Christie
1179. Ê, soneca boa – Mauricio de Sousa
1180. Garfield a todo o vapor – Jim Davis
1181. Em busca do tempo perdido (Mangá) – Proust

1182. **Cai o pano: o último caso de Poirot** – Agatha Christie
1183. **Livro para colorir e relaxar** – Livro 1
1184. **Para colorir sem parar**
1185. **Os elefantes não esquecem** – Agatha Christie
1186. **Teoria da relatividade** – Albert Einstein
1187. **Compêndio da psicanálise** – Freud
1188. **Visões de Gerard** – Jack Kerouac
1189. **Fim de verão** – Mohiro Kitoh
1190. **Procurando diversão** – Mauricio de Sousa
1191. **E não sobrou nenhum e outras peças** – Agatha Christie
1192. **Ansiedade** – Daniel Freeman & Jason Freeman
1193. **Garfield: pausa para o almoço** – Jim Davis
1194. **Contos do dia e da noite** – Guy de Maupassant
1195. **O melhor de Hagar 7** – Dik Browne
1196. (29).**Lou Andreas-Salomé** – Dorian Astor
1197. (30).**Pasolini** – René de Ceccatty
1198. **O caso do Hotel Bertram** – Agatha Christie
1199. **Crônicas de motel** – Sam Shepard
1200. **Pequena filosofia da paz interior** – Catherine Rambert
1201. **Os sertões** – Euclides da Cunha
1202. **Treze à mesa** – Agatha Christie
1203. **Bíblia** – John Riches
1204. **Anjos** – David Albert Jones
1205. **As tirinhas do Guri de Uruguaiana 1** – Jair Kobe
1206. **Entre aspas (vol.1)** – Fernando Eichenberg
1207. **Escrita** – Andrew Robinson
1208. **O spleen de Paris: pequenos poemas em prosa** – Charles Baudelaire
1209. **Satíricon** – Petrônio
1210. **O avarento** – Molière
1211. **Queimando na água, afogando-se na chama** – Bukowski
1212. **Miscelânea septuagenária: contos e poemas** – Bukowski
1213. **Que filosofar é aprender a morrer e outros ensaios** – Montaigne
1214. **Da amizade e outros ensaios** – Montaigne
1215. **O medo à espreita e outras histórias** – H.P. Lovecraft
1216. **A obra de arte na era de sua reprodutibilidade técnica** – Walter Benjamin
1217. **Sobre a liberdade** – John Stuart Mill
1218. **O segredo de Chimneys** – Agatha Christie
1219. **Morte na rua Hickory** – Agatha Christie
1220. **Ulisses (Mangá)** – James Joyce
1221. **Ateísmo** – Julian Baggini
1222. **Os melhores contos de Katherine Mansfield** – Katherine Mansfied
1223. (31).**Martin Luther King** – Alain Foix
1224. **Millôr Definitivo: uma antologia de *A Bíblia do Caos*** – Millôr Fernandes
1225. **O Clube das Terças-Feiras e outras histórias** – Agatha Christie
1226. **Por que sou tão sábio** – Nietzsche
1227. **Sobre a mentira** – Platão
1228. **Sobre a leitura *seguido do* Depoimento de Céleste Albaret** – Proust
1229. **O homem do terno marrom** – Agatha Christie
1230. (32).**Jimi Hendrix** – Franck Médioni
1231. **Amor e amizade e outras histórias** – Jane Austen
1232. **Lady Susan, Os Watson e Sanditon** – Jane Austen
1233. **Uma breve história da ciência** – William Bynum
1234. **Macunaíma: o herói sem nenhum caráter** – Mário de Andrade
1235. **A máquina do tempo** – H.G. Wells
1236. **O homem invisível** – H.G. Wells
1237. **Os 36 estratagemas: manual secreto da arte da guerra** – Anônimo
1238. **A mina de ouro e outras histórias** – Agatha Christie
1239. **Pic** – Jack Kerouac
1240. **O habitante da escuridão e outros contos** – H.P. Lovecraft
1241. **O chamado de Cthulhu e outros contos** – H.P. Lovecraft
1242. **O melhor de Meu reino por um cavalo!** – Edição de Ivan Pinheiro Machado
1243. **A guerra dos mundos** – H.G. Wells
1244. **O caso da criada perfeita e outras histórias** – Agatha Christie
1245. **Morte por afogamento e outras histórias** – Agatha Christie
1246. **Assassinato no Comitê Central** – Manuel Vázquez Montalbán
1247. **O papai é pop** – Marcos Piangers
1248. **O papai é pop 2** – Marcos Piangers
1249. **A mamãe é rock** – Ana Cardoso
1250. **Paris boêmia** – Dan Franck
1251. **Paris libertária** – Dan Franck
1252. **Paris ocupada** – Dan Franck
1253. **Uma anedota infame** – Dostoiévski
1254. **O último dia de um condenado** – Victor Hugo
1255. **Nem só de caviar vive o homem** – J.M. Simmel
1256. **Amanhã é outro dia** – J.M. Simmel
1257. **Mulherzinhas** – Louisa May Alcott
1258. **Reforma Protestante** – Peter Marshall
1259. **História econômica global** – Robert C. Allen
1260. (33).**Che Guevara** – Alain Foix
1261. **Câncer** – Nicholas James
1262. **Akhenaton** – Agatha Christie
1263. **Aforismos para a sabedoria de vida** – Arthur Schopenhauer
1264. **Uma história do mundo** – David Coimbra
1265. **Ame e não sofra** – Walter Riso
1266. **Desapegue-se!** – Walter Riso
1267. **Os Sousa: Uma família do barulho** – Mauricio de Sousa
1268. **Nico Demo: O rei da travessura** – Mauricio de Sousa
1269. **Testemunha de acusação e outras peças** – Agatha Christie
1270. (34).**Dostoiévski** – Virgil Tanase
1271. **O melhor de Hagar 8** – Dik Browne

1272. **O melhor de Hagar 9** – Dik Browne
1273. **O melhor de Hagar 10** – Dik e Chris Browne
1274. **Considerações sobre o governo representativo** – John Stuart Mill
1275. **O homem Moisés e a religião monoteísta** – Freud
1276. **Inibição, sintoma e medo** – Freud
1277. **Além do princípio de prazer** – Freud
1278. **O direito de dizer não!** – Walter Riso
1279. **A arte de ser flexível** – Walter Riso
1280. **Casados e descasados** – August Strindberg
1281. **Da Terra à Lua** – Júlio Verne
1282. **Minhas galerias e meus pintores** – Kahnweiler
1283. **A arte do romance** – Virginia Woolf
1284. **Teatro completo v. 1: As aves da noite** *seguido de* **O visitante** – Hilda Hilst
1285. **Teatro completo v. 2: O verdugo** *seguido de* **A morte do patriarca** – Hilda Hilst
1286. **Teatro completo v. 3: O rato no muro** *seguido de* **Auto da barca de Camiri** – Hilda Hilst
1287. **Teatro completo v. 4: A empresa** *seguido de* **O novo sistema** – Hilda Hilst
1289. **Fora de mim** – Martha Medeiros
1290. **Divã** – Martha Medeiros
1291. **Sobre a genealogia da moral: um escrito polêmico** – Nietzsche
1292. **A consciência de Zeno** – Italo Svevo
1293. **Células-tronco** – Jonathan Slack
1294. **O fim do ciúme e outros contos** – Proust
1295. **A jangada** – Júlio Verne
1296. **A ilha do dr. Moreau** – H.G. Wells
1297. **Ninho de fidalgos** – Ivan Turguêniev
1298. **Jane Eyre** – Charlotte Brontë
1299. **Sobre gatos** – Bukowski
1300. **Sobre o amor** – Bukowski
1301. **Escrever para não enlouquecer** – Bukowski
1302. **222 receitas** – J. A. Pinheiro Machado
1303. **Reinações de Narizinho** – Monteiro Lobato
1304. **O Saci** – Monteiro Lobato
1305. **Memórias da Emília** – Monteiro Lobato
1306. **O Picapau Amarelo** – Monteiro Lobato
1307. **A reforma da Natureza** – Monteiro Lobato
1308. **Fábulas** *seguido de* **Histórias diversas** – Monteiro Lobato
1309. **Aventuras de Hans Staden** – Monteiro Lobato
1310. **Peter Pan** – Monteiro Lobato
1311. **Dom Quixote das crianças** – Monteiro Lobato
1312. **O Minotauro** – Monteiro Lobato
1313. **Um quarto só seu** – Virginia Woolf
1314. **Sonetos** – Shakespeare
1315. (35).**Thoreau** – Marie Berthoumieu e Laura El Makki
1316. **Teoria da arte** – Cynthia Freeland
1317. **A arte da prudência** – Baltasar Gracián
1318. **O louco** *seguido de* **Areia e espuma** – Khalil Gibran
1319. **O profeta** *seguido de* **O jardim do profeta** – Khalil Gibran
1320. **Jesus, o Filho do Homem** – Khalil Gibran
1321. **A luta** – Norman Mailer
1322. **Sobre o sofrimento do mundo e outros ensaios** – Schopenhauer
1323. **Epidemiologia** – Rodolfo Sacacci
1324. **Japão moderno** – Christopher Goto-Jones
1325. **A arte da meditação** – Matthieu Ricard
1326. **O adversário secreto** – Agatha Christie
1327. **Pollyanna** – Eleanor H. Porter
1328. **Espelhos** – Eduardo Galeano
1329. **A Vênus das peles** – Sacher-Masoch
1330. **O 18 de brumário de Luís Bonaparte** – Karl Marx
1331. **Um jogo para os vivos** – Patricia Highsmith
1332. **A tristeza pode esperar** – J.J. Camargo
1333. **Vinte poemas de amor e uma canção desesperada** – Pablo Neruda
1334. **Judaísmo** – Norman Solomon
1335. **Esquizofrenia** – Christopher Frith & Eve Johnstone
1336. **Seis personagens em busca de um autor** – Luigi Pirandello
1337. **A Fazenda dos Animais** – George Orwell
1338. **1984** – George Orwell
1339. **Ubu Rei** – Alfred Jarry
1340. **Sobre bêbados e bebidas** – Bukowski
1341. **Tempestade para os vivos e para os mortos** – Bukowski
1342. **Complicado** – Natsume Ono
1343. **Sobre o livre-arbítrio** – Schopenhauer
1344. **Uma breve história da literatura** – John Sutherland
1345. **Você fica tão sozinho às vezes que até faz sentido** – Bukowski
1346. **Um apartamento em Paris** – Guillaume Musso
1347. **Receitas fáceis e saborosas** – José Antonio Pinheiro Machado
1348. **Por que engordamos** – Gary Taubes
1349. **A fabulosa história do hospital** – Jean-Noël Fabiani
1350. **Voo noturno** *seguido de* **Terra dos homens** – Antoine de Saint-Exupéry
1351. **Doutor Sax** – Jack Kerouac
1352. **O livro do Tao e da virtude** – Lao-Tsé
1353. **Pista negra** – Antonio Manzini
1354. **A chave de vidro** – Dashiell Hammett
1355. **Martin Eden** – Jack London
1356. **Já te disse adeus, e agora, como te esqueço?** – Walter Riso
1357. **A viagem do descobrimento** – Eduardo Bueno
1358. **Náufragos, traficantes e degredados** – Eduardo Bueno
1359. **O retrato do Brasil** – Paulo Prado
1360. **Maravilhosamente imperfeito, escandalosamente feliz** – Walter Riso

lepmeditores
www.lpm.com.br
o site que conta tudo

IMPRESSÃO:

PALLOTTI
GRÁFICA

Santa Maria - RS | Fone: (55) 3220.4500
www.graficapallotti.com.br